Comme autant
de
gravides
solitudes...

Comme autant
de gravides
solitudes...

Françoise
Barats
Pallez

© 2021 Pascal Barats

Illustrations FrankWinkler / Pascal Barats
Relecture : J.Barats M.Falicon

Édition : BoD – Books on Demand,
12/14 rond-point des Champs-Élysées,
75008 Paris
Impression : BoD - Books on Demand,
Norderstedt, Allemagne

ISBN : 9782322269426
Dépôt légal : 06 - 2021

A ma mère

La Tourterelle

Il est des jours où, à peine levé, tout vous est contraire, tout semble se liguer contre vous : les personnes, les choses elles—mêmes deviennent soudain vos ennemies. Vous tentez de découvrir la cause de ce phénomène, en vain. Subitement, vous vous sentez envahi par une quasi-impossibilité d'accomplir les tâches et les gestes les plus anodins de la vie, comme celui de choisir, au lever, les vêtements que vous allez porter pendant la journée.

Vraiment, quoi de plus simple !

Et pourtant, je me tenais debout, les bras ballants, devant une armoire grande ouverte, absolument incapable d'assembler une tenue appropriée au temps d'automne de ce jour-là. Non que ma garde-robe fût celle d'une star ou d'une diva, loin de là. Ce fait aurait dû me rendre la tâche plus facile, or il n'en était rien. Est-ce un manque d'intérêt soudain pour la journée qui commençait, ou une peur obscure de me réintroduire dans la texture même de l'existence, dans les ornières fatiguées de la vie, après le nirvana, envoûtant certes, mais éphémère des rêves de la nuit pendant lesquels je traversais, légère comme l'oiseau, des endroits étonnamment silencieux, des paysages d'une beauté calme et sereine où l'ombre et la lumière se complétaient, s'exaltaient l'une et l'autre ...

Cette soudaine incapacité de choisir les vêtements adéquats, n'est pour moi, en fait, que le début d'une sorte de malaise qui s'installe, s'intensifie et se prolonge, même lorsque découragée je finis par enfiler la première robe qui me tombe sous la main. Je pense alors être sortie de ce dilemme, mais non, cette impression de flottement intérieur, de balancement, d'indécision de l'âme devant la vie, m'envahis, à la seule pensée de devoir sortir. Pour quoi faire ? Des courses ? Emprunter un livre à la bibliothèque ? Ou encore me promener dans les allées du Peyrou ou le long du Lez ? J'hésite. En fait, peu m'importe ce que je vais faire, puisqu'il n'y entre aucune préférence, aucun plaisir. Je pressens que le plus important est de sortir, après je verrais bien. Sans oublier mon sac en bandoulière qui me laisse les mains libres, je franchis le seuil de ma maison et me trouve à nouveau confrontée à un choix, quel chemin vais-je prendre ?

Que fera-t-elle de cette matinée toute neuve ?

Me voilà retombée dans les affres du dilemme précédent, celui de la nécessité d'un choix. Vais-je prendre le chemin le plus facile, le plus routinier, la traversée du « Jardin Du Roi » ? Je n'ai que la rue à franchir. Devant la grille impressionnante je tergiverse, je pourrais descendre le boulevard Henri IV et longer le Square de la Tour des Pins.

Cette alternative me laisse indécise devant la grille. C'est finalement une écolière pressée qui me bouscule légèrement et me pousse à l'intérieur du jardin.

Je descends les trois marches qui mènent par une longue allée en pente douce, tout droit vers l'autre sortie. Arrivée devant la seconde grille, à l'autre bout de mon déplacement rectiligne, je saisis, pour la première fois depuis la bousculade près de la grille d'entrée, toute la mesure de mon désarroi. Je me surprends à ouvrir les yeux de l'âme et prend vraiment conscience de ce qui m'entoure. Est-ce la mélancolie du ciel bas chargé de pluie, ou bien, le deuil récent qui vient de me frapper ; m'a-t-il fait perdre mes repères ?

Moi qui adore ce jardin et tout particulièrement cette allée que je ne manque jamais d'emprunter, justement à cause de l'allégresse éthérée, voire excessive, que j'y éprouve à chaque fois !

Aujourd'hui, je viens de la parcourir presque à mon insu, sans y prêter la moindre attention, comme dans une sorte d'éclipse de tout mon être : j'ai, pour ainsi dire, escamoté de ma conscience les imposantes frondaisons qui la bordent : celles du liquidambar aux résines balsamiques et celles plus vaporeuses d'un gigantesque micocoulier dont les feuilles crantées d'un vert bleuté donnent aux abords de l'allée une lumière des plus délicatement teintées. Oui, je le reconnais, bien malgré moi, ce trajet de la grille principale jusqu'à celle du bas, je l'ai parcouru comme un zombi, sans ressentir la moindre émotion, en dépit de la splendeur et de la variété des arbres qui, à gauche comme à droite, se rejoignent tel un immense baldaquin filtrant la lumière du jour pour n'en garder que la quintessence.

Je me retourne, et tente de retrouver l'émotion familière pour me rassurer. Mais le baldaquin aux multiples nuances de vert a perdu de sa magnificence, il n'est plus qu'un tunnel sombre et inquiétant où le tronc lisse et gris du micocoulier et celui du liquidambar, écailleux et presque noir, évoquent en gros plan, les pattes aveuglément destructrices d'un pachyderme hallucinant.

Je me sens à la fois terrifiée, éteinte et vide. Lentement je me dirige vers la grille. A gauche, l'arbre à soie étale son nébuleux feuillage qui, en plein été se couvre d'étranges efflorescences, plus duvet que fleur, plus douceur que matière... Mon arbre de prédilection.

Mais aujourd'hui, ses branches éplorées, effilochées, lui donnent l'air inquiétant et maléfique d'un épouvantail haillonneux, les bras couverts de loqueteuses guenilles.

Encore déconcertée et bouleversée par l'inconcevable détachement qui est le mien, et qui me fait peur, j'atteins le carrefour menant à la bibliothèque, le cœur serré, en proie à un désarroi qui ne veut pas lâcher prise et que je refuse d'admettre. Des nuages se sont accumulés, la pluie se met à tomber, violente, insolente, noyant rageusement trottoirs et chaussées.

Aux feux tricolores, j'attends, je ne pense même pas à traverser. Je suis décontenancée par ce que je viens de découvrir au fond de moi. Soudain, au beau milieu du passage clouté, à quelques centimètres des voitures encore arrêtées aux feux, je devine plus que n'aperçois, une petite boule de plumes rousses et gris perle. Tandis que mon regard s'y attarde machinalement, je vois les plumes à peine bouger, comme si un léger souffle de vent les agitait, puis je distingue la forme vague d'un oiseau, blessé ou malade. Recroquevillé, la tête cachée sous l'aile, il est perché sur une seule patte, comme s'il voulait éviter la pluie.

Pauvre petit oiseau perdu, seul, voué à une mort atroce : il suffit que le feu change et il sera broyé, écartelé sous les roues des voitures. Il faut faire vite, le feu est à l'orange. Je me précipite, une pensée lui traverse l'esprit : et si l'oiseau, terrorisé, ne se laisse pas capturer ?

De toute façon je n'ai pas vraiment le choix. Je me penche et d'un geste rapide je saisis l'oiseau de mes deux mains. L'oiseau n'esquisse aucun battement d'aile, aucun mouvement de recul, au contraire, il se laisse saisir sans broncher. D'un bond je regagne le trottoir, il était temps : les voitures démarrent dans un ensemble de bruits rageurs de moteurs poussés et de pneus crissant sur les pavés humides.

L'oiseau ne bouge pas. D'abord je le crois mort ou mourant, mais bientôt, sous mes doigts, je perçois d'imperceptibles pulsations, infimes mouvements d'une poignante fragilité. Les petites pattes griffues lui pétrissent délicatement la paume des mains dans une sorte d'élan de gratitude, l'oiseau semble à présent se sentir bien.

Je n'ai pas encore osé l'observer attentivement, une sorte de réserve mêlée d'appréhension m'en a jusqu'alors empêchée. S'il allait mourir, ou s'il allait croire qu'elle voulait le mettre en cage ? Je veux l'apprivoiser et lui faire comprendre que le boulevard bruyant noyé de pluie n'a rien de bien accueillant et que la meilleure chose à faire est de rebrousser chemin et de regagner au plus vite le « Jardin du Roi ».

Je le lui explique doucement, à voix basse et j'ose enfin le regarder : contrairement à ma première impression, ce n'est pas un pigeon, mais une tourterelle, son corps est plus svelte, son cou plus gracile et les teintes délicates de son plumage pastel ont un chatoiement irisé, discret, attendrissant. A présent l'oiseau bouge la tête, regarde autour de lui, intéressé. Ses petits yeux noirs en tête d'épingle semblent rouler sur eux-mêmes dans tous les sens. Soudain ils m'observent un instant, trop court pour que je puisse déchiffrer quoi que ce soit dans ce regard. Je le regrette, j'aurais aimé y découvrir un message, un signe.

Outre la chaleur de son corps au travers des plumes déjà presque sèches, je sens bouger les muscles de l'oiseau, comme s'il voulait s'envoler. Mais je me sens responsable de sa vie, et pour rien au monde je ne le laisserais sur le boulevard. Mes mains se serrent davantage autour de son corps et de ses ailes. Seule la tête de l'oiseau dépasse, libre de ses mouvements. Il regarde partout, à droite, à gauche, en haut, en bas, sa tête mobile ne cesse de bouger, ainsi que ses yeux.

Quand il me regarde, il tient la tête penchée d'un côté puis de l'autre, comme pour me demander mon avis. Bouleversée, je continue de lui parler doucement, lui explique pourquoi je ne peux le libérer sur-le-champ. Aux abords du « Jardin du Roi », l'oiseau semble reconnaître les lieux, sent l'odeur des frondaisons, odeur rendue plus intense grâce à la pluie, et il perçoit le roucoulement plaintif de ses congénères.

A droite de la grille, l'arbre à soie a pris, sous l'averse, un air de saule pleurant ses fleurs lestées de pluie, mais le soleil, entre deux nuages, jongle avec les gouttes qui, une à une, glissent des branches, comme autant de pierres précieuses. Pour prolonger le plaisir ineffable de tenir lové entre mes doigts l'oiseau que j'ai sauvé, je parcours avec lui les allées qu'il préfère.

Entre moi et l'oiseau, il semble que se crée une sorte d'osmose et je retarde encore le moment de son envol. Avec lui je longe les étroits chemins creux qui, un peu à l'écart, jouxtent les deux petites mares rectangulaires aux grenouilles. De loin elles ressemblent à des prairies miniatures, recouverts qu'ils sont par une végétation aquatique si dense que plus une seule parcelle d'eau n'est visible.

Je sens l'oiseau s'impatienter et décide alors de lui trouver un arbre d'où il pourra prendre son envol : je choisis un antique filaire au tronc si tourmenté que son écorce, au fil du temps, a formé des cavités suffisamment profondes pour que l'on y dépose à la dérobée des serments d'amour.

A voix basse, je lui parle encore une toute dernière fois puis j'ouvre largement mes deux mains dans un geste d'offrande : l'oiseau s'élance, lui laissant encore un peu de sa chaleur aux creux des paumes, puis il se perche, à mi—hauteur, sur l'arbre que je lui ai choisi. Il s'y pose de profil, comme le peindrait le Douanier Rousseau, les deux pattes bien visibles, l'une à côté de l'autre, deux petites pattes frêles, d'un rose très pâle.

Sur le fond sombre des feuilles luisantes comme empesées du filaire, l'oiseau se laisse admirer, aussi délicat, aussi émouvant que celui d'une enluminure persane ou d'une tapisserie tissée au Point d'Halluin. Puis, sautant de branche en branche jusqu'au sommet, d'un essor à la fois gracieux et assuré, il s'envole vers le levant.

Il a retrouvé ses repères, semble-t-il, et je le suis des yeux et du cœur, comme l'on suit avec ferveur la trace éphémère de l'avion qui vous arrache un être cher.

Dans le « Jardin du Roi », le bruit minutieux de la pluie continue de grignoter l'espace et le temps.

Le cœur vide, le corps meurtri de solitude je reste là, immobile, m'attendant presque à voir la tourterelle se poser au pied du filaire à feuilles étroites.

Je sens encore sous mes doigts la douceur, la chaleur de cette petite boule de plume vivante avec laquelle je m'étais sentie en empathie et avec laquelle il m'avait semblé communiquer.

Je ne peux encore rentrer chez moi, il me faut exorciser cette présence courte mais revigorante qui m'a fait sortir de cette hésitation, cette sempiternelle hésitation devant les actes les plus simples de la vie. Bien sûr j'aurais aimé garder la tourterelle mais la seule idée d'une cage m'effraie.

Non il valait mieux lui donner une seconde chance de vivre pleinement sa vie d'oiseau. Je décide de noyer ma mélancolie dans une tasse de thé. Je connais un adorable salon de thé, 'As you like it', qui fait aussi librairie, donc l'endroit idéal.

Montpellier, le 5 avril 1996.

Le buisson de genêts

L'averse s'est tue. Je descends sur l'Esplanade humer l'air neuf d'une terre imbibée de pluie, cette senteur que je veux apprivoiser, comme le printemps qui se compose. L'air se fait plus clément, moins turbulent, la forme même des jets d'eau s'alanguit et retombe avec une sorte de grâce retrouvée.

Un esprit de renouveau danse d'un arbre à l'autre. Les bourgeons se gonflent d'une sève gravide, tandis qu'une sorte d'écume légère d'un jaune vert pâle à peine esquissé, s'agrippe aux bouts des branches. D'abord floue, évanescente, elle se précise peu à peu, évoque en miniature les futures frondaisons des allées. Celles-ci, bordées de platanes, me mèneront jusqu'au vaste escalier qui permet de gagner les hautes terrasses du Corum. Les promeneurs que je croise ont le sourire à la fois timide et fier de gens qui viennent d'échapper par mégarde à une catastrophe, ou bien de surmonter une pénible épreuve, alors qu'en fait, ils ont tout simplement survécu aux rigueurs de l'hiver. Ils entendent bien, par leur sourire soulagé et ravi, le faire savoir autour d'eux.

Je me sens moi aussi complice de ce renouveau. Je suis un peu comme ces graines qui, à peine germées, soulèvent déjà la terre, la traversent, s'épanouissent à l'air libre et respirent enfin la douceur si longtemps espérée durant leur confinement dans le sol gelé de l'hiver.

Je veux me lover au creux de l'air ressuscité, je veux m'enivrer de vie dans une profonde aspiration de l'âme, après la lente mort hivernale où, recroquevillée sur mon propre souffle, j'ai si longtemps omis de respirer.

Les jets d'eau et les parterres de fleurs exaltent si gracieusement l'espace entre les deux allées, qu'ils me fascinent, et, avant de monter jusqu'aux terrasses, je veux en goutter les sons, les mouvements et les couleurs. Je contemple la vigueur des myriades de gouttelettes qui s'élèvent puis retombent, dans leur vasque de pierre en un léger murmure de vagues froissées. J'entre peu à peu dans cette symphonie où sons et mouvements se font échos, se fondent et s'opposent.

Autour des jets d'eau la minutieuse flamboyance des parterres m'attire tout autant. Leurs fleurs variées en formes et en couleurs sont comme des regards neufs, de candides présences disposées là en harmonieux rectangles, telles ces hautes verrières serties aux murs des cathédrales. Le temps se replie et je me revois justement dans la cathédrale de Metz, et sa mystique pénombre de sa nef gothique. Je m'avance jusqu'au transept où, sur le sol usé, je croise les pas silencieux de croyants d'un autre âge et où se joue encore la même lumière qui s'épandait jadis des fleurs inaccessibles des verrières.

Celles des parterres ondoient sous la brise nouvelle, se joignent à celles des vitraux dans une mystérieuse alchimie du souvenir et de la lumière.

Soudain des cris d'enfants couvrent le patient murmure des jets d'eau, lissent le temps, me replongent dans la réalité, me noient dans ce tourbillon de couleurs, de mouvements et de sons qui m'effrayent un peu. Presque à mon insu je m'éloigne de cette effervescence. Lentement je gravis les marches qui mènent au large perron, première étape avant d'atteindre les terrasses.

Devant moi, les deux portes à tambour du Corum semblent prêtes à m'agripper dans la volte de leurs mâchoires. Je déteste ces portes. Elles vous aspirent à votre corps défendant pour mieux vous propulser et vous recracher à l'intérieur. Mais qu'importe, puisque je ne veux pas les franchir, il fait trop beau. Je me sens envahie d'une énergie neuve et stimulante, m'invitant à monter jusqu'aux terrasses où je sais que la brise m'enivrera.

Par quel côté vais-je monter ? Si je choisis l'escalier de gauche je dominerai un paysage de toits, de clochers et de tours sur un fond barré de montagnes bleutées. Si je monte par la droite, je surplomberai un long segment de voie ferrée et par beau temps, comme aujourd'hui, je pourrai apercevoir la mer à l'horizon. Je choisis le côté de la mer qui sait si bien se fondre avec le ciel.

Les coudes appuyés sur le large parapet de granit rose, je me sens attirée tout autant par l'horizon infini de la mer que par la voie ferrée, infinie, elle aussi.

Mon regard passe de l'une à l'autre, lorsqu'une tache d'un jaune ambré s'impose sur le vert sombre des buissons le long de la voie. Je compare ce jaune à celui des tulipes que je viens de quitter : cette couleur-ci est plus foncée et plus violente. C'est un plant de genêt. Je le reconnais à son efflorescence en éventail, à ses petites fleurs en forme de conque, disposées régulièrement de part et d'autre des tiges graciles. C'est le seul arbuste qui soit en fleurs. Il attire le regard et je m'émerveille de sa robustesse. J'admire sa ténacité, sa résistance au souffle puissant des trains modernes à présent si rapides. Son attachement à la vie m'émeut et je voudrais caresser les fleurs odorantes du petit buisson pour m'imprégner de son courage.

Comme si au même moment quelqu'un d'autre avait eu la même pensée, une silhouette s'interpose entre mon regard et le plan de genêt. Vêtue d'un pull rouge et d'une longue jupe mouvante d'un bleu qui s'harmonise avec la grisaille du ballast, elle se dirige lentement vers le buisson jaune au bord de la voie.

D'un pas recueilli elle s'en approche, se penche et le respire. Il me semble en sentir l'odeur sucrée. Elle se redresse et recule de quelques pas comme pour mieux le contempler, l'encadrer dans son regard. Ses gestes sont gracieux, et lorsqu'un vent léger caresse le buisson doré, je vois la chevelure rousse de l'inconnue prendre la même cadence, s'éparpiller autour de son visage tandis que sa jupe palpite comme une voile.

Sa présence en ce lieu est une énigme : aucune gare, aucune halte ne jouxte les voies à cet endroit précis. Peut-être est-ce tout simplement la beauté et force de ce jaillissement de lumière ambrée qui l'a fascinée ? Mon regard ne quitte plus l'inconnue qui, à présent, fait les cent pas le long de la voie. Elle va et vient, absorbée dans ses pensées, comme une vague qui revient sans cesse s'échouer sur le rivage.

A présent, son pas a perdu de sa grâce et de sa légèreté, il est devenu mécanique et raide comme celui d'un automate. Qu'attend, elle ? Aucun bruit ne trouble cet instant, seul le ronron régulier et rassurant d'un petit avion de tourisme emplit l'espace. Je le suis du regard jusqu'à ce qu'il se fonde dans un mélange de mer et de ciel. L'inconnue est toujours là.

Soudain, du fond du paysage, et comme s'il était resté jusqu'alors tapi derrière la courbe de la voie, un train apparaît. Je vois l'inconnue interrompre aussitôt son va et vient obstiné pour se tenir immobile face au plan de genêt. Ils se font pendants, chacun de part et d'autre des rails. Le convoi se rapproche : un train de marchandises, grisâtre, qui ne révèle rien de son contenu.

Lorsque l'inconnue enjambe le rail et s'immobilise au milieu de la voie, la motrice n'est plus qu'à quelques mètres. Le long sifflement des freins signale que le conducteur l'a aperçue, mais trop tard. L'inconnue n'a pas bougé, comme fascinée par l'échéance toute proche, inévitable.

Horrifiée, incrédule, je sens mes jambes se dérober et de toutes mes forces je m'agrippe au parapet. Elle aurait encore le temps de faire un pas sur le côté. Ma pensée la pousse à le faire, mais au lieu de cela, elle tend les bras comme si elle voulait à la fois, offrir et recevoir l'immensité de l'univers.

La force du train la renverse. Il finit par s'arrêter suffisamment loin pour dégager le lieu de l'accident et pour permettre, quelques dizaines de minutes plus tard, à une équipe de secours de recueillir dans de grands sacs en plastique bleu, ce que la vitesse a disséminé sur la voie. Absurde récolte que les restes éparpillés d'une vie. Lambeaux de chair inerte noyés dans un sang désormais inutile.

Viscères béants, membres, désarticulés qui ne connaîtront plus la simple joie de marcher sans entrave. Pourquoi tant de désespérance ?

L'équipe de secours s'en est allée et laisse derrière elle la voie libre et nette comme si rien ne s'était passé. Rien n'a changé. Quelques minuscules gouttes de sang ont peut-être éclaboussé les fleurs ambrées du buisson de genêt toujours aussi flamboyant.

Lorsque je traverse l'Esplanade, sur mon cœur un long train n'en finit plus de passer et je pressens que désormais le printemps aura toujours un goût mêlé de genêt et de cendre.

C'est alors que je songe à ces milliers de petites graines qui ont dû mourir avant de donner vie à ces milliers do fleurs que je viens de contempler. Elles me montrent qu'il faut mourir pour renaître, que vie et mort sont les deux faces d'une seule et même réalité.

Montpellier, le 12 juin 1996

Noël 1996

Dès l'entrée, un tango argentin aux accents résolument aguicheurs, nous accueille et nous guide jusqu'au seuil de la grande salle à manger.

Nous aurions pu nous croire dans un restaurant au bord de la mer, car au-delà des larges baies vitrées des espaces herbeux descendent en pente douce pour disparaitre vers ce qui aurait pu être un rivage. IL ne manque que le bruit du ressac lorsque la fougue virevoltante du tango s'apaise un instant pour reprendre de plus belle.

Autour des tables rondes nappées de tissu provençal jaune et vert, des convives sont déjà installés. Bon nombre d'entre eux en chaise roulante attendent immobiles, le regard suspendu dans une sorte de vague regret d'un insondable vacuité.

Entre les piliers qui, de place en place, soutiennent le plafond bas de longues guirlandes s'étirent et laissent pendre nonchalamment de grosses étoiles dorées rebondies et festives.

Tout au fond de la salle, entre les baies vitrées, sur un guéridon drapé à l'ancienne, une crèche chaotique éparpille d'étranges santons comme déchiquetés dans de la pâte à sel : silhouettes torturées aux yeux vides de tout regard et qui rappelle curieusement certaines formes humaines assises autour des tables.

Soudain, au cœur du tango argentin, viennent se tisser en filigrane, et reproduits à l'identique, les cris lancinants d'une pensionnaire à l'esprit enrayé.

Le chef en personne nous sert, coiffé d'une toque blanche plus grande que nature : en effet, s'il n'y prend garde, son imposant couvre-chef effleure les étoiles des guirlandes qui, languissement continuent de se balancer longtemps après son passage.

Certains semblent savourer ce repas délicieux préparé avec soin ; dans un vague désarroi, d'autres avec la désinvolture de ceux qui ont totalement oublié le lieu où ils se trouvent, comme cette pensionnaire, qui se rêvant dans le jardin de son enfance, s'enfuit à plusieurs reprises par l'issue de secours.

A présent le tango argentin égrène à tue-tête des accords de plus en plus entêtants, sans doute pour mieux couvrir les cris désespérés lancés à l'aveuglette par la pensionnaire à l'esprit enrayé, tout au long de la fête.

Montpellier, le 31 décembre 1996

Le Phénix

Dès le premier regard, j'ai eu la certitude que le foulard, épinglé au beau milieu de la vitrine et fixé là comme un somptueux papillon de collection, tôt ou tard m'appartiendrait. Et cela, malgré la petite étiquette ronde où s'étalait un prix dissuasif. La brassée d'émotions et d'impressions que j'avais reçue, lors de cette première rencontre, avait été décisive.

J'avais aperçu ce foulard le premier dimanche de septembre, en fin d'après-midi : une pâle lumière, à la fois grise et dorée, jouait sur la vitrine de la petite boutique de luxe près de la place Saint-Roch. Malgré l'heure tardive, j'avais pu apprécier d'emblée non seulement les teintes délicates du foulard, mais également les lignes pures du dessin qui s'épanouissait en son centre. La vigueur du tracé, sur un fond d'une pâleur ivoirine, faisait ressortir la finesse de l'étoffe et soulignait l'élégance de la frise d'un rouge d'Andrinople qui bordait le foulard sur ses quatre côtés.

Était-ce le discret frémissement du vent du soir qui donnait au dessin sur le foulard cette impression de vie ? Était-ce le pouvoir évocateur de l'artiste, la maîtrise de son coup de crayon, ou bien tout simplement l'élan de mon propre cœur ? L'oiseau qui, au centre du carré de soie, montrait, en plein essor, le dessous de ses ailes déployées, semblait si vrai, si vivant, que je croyais voir palpiter le minuscule duvet sous son ventre tiède et douillet. Fermant les yeux, je sentais sur mes joues le souffle vigoureux de ses battements d'ailes réguliers qui recréaient, dans leur mouvance, une immensité d'espaces infinis à l'aplomb de canyons comme autant de vertigineuses perspectives.

La lumière du soir avait noyé la placette dans une brume bleutée. Le vent, de temps à autre, cueillait une feuille aux frondaisons des trois' platanes, entre l'église et la boutique. Dans le jour finissant, l'oiseau semblait avoir replié ses ailes majestueuses, comme s'il voulait s'endormir ou me donner congé. Je m'en éloignais à regret, me promettant bien de revenir le lendemain afin de l'admirer sous une autre lumière.

Jamais je n'étais rentrée chez moi avec autant de hâte, ni par un chemin aussi direct. D'habitude, je flânais dans les rues étroites de l'Ecusson et découvrais chaque fois une nouvelle boutique minuscule et charmante.

Ce soir-là, je ne regardais aucune vitrine, je ne remontais pas le boulevard Henry IV. Arrivée devant ma porte, je ne prêtais aucune attention aux coloris flamboyants du liquidambar du Jardin du Roi. Aussitôt rentrée je m'assieds à ma table de travail pour considérer l'aspect financier de la chose : je désire ce foulard avec tant de violence que je suis prête à me priver du superflu et même du nécessaire, s'il le faut.

Je me prends à imaginer ce qu'en aurait pensé ma mère si elle avait encore été en vie : elle aurait reconnu la beauté du foulard, mais en aurait souligné l'inutilité, aurait évoqué l'écart manifeste entre la simplicité de ma garde-robe et le raffinement du carré de soie sauvage. Enfin, elle aurait insisté sur l'extravagance du prix et sur les sacrifices et les privations que cet achat allait entraîner. Pourtant, je sors mon livre de comptes et mes enveloppes dans lesquelles je répartis l'argent du mois, tout comme le faisait ma mère lorsque nous étions enfants. J'ai gardé les mêmes rubriques : nourriture, chauffage, vêtements, réparations, voyages. Quant à l'enveloppe intitulée " caisse noire ", je l'ai rebaptisée " Okasou ", car elle servait à nous dépanner lorsque toutes les autres enveloppes étaient vides. En somme, c'était le principe des enveloppes communicantes et nous "mangions" souvent le charbon du chauffage, de même que certains mois d'hiver, nous nous "chauffions" à la chaleur de nos "voyages". Cette répartition incitait à l'économie et à la prudence...

Ces fameuses enveloppes !

Le temps se replie, on est en Lorraine, fin janvier : une journée lumineuse, comme volée à l'automne et qui vous en donne aussitôt la nostalgie. Je sais que ma mère fait ses comptes dans la longue pièce du rez-de-chaussée. La main sur la poignée, j'hésite. Est-ce le bon moment ? A travers la porte close, je perçois un bruit de papiers froissés : ma mère a sans doute fini ses comptes et jette les brouillons à la corbeille : je peux entrer. Deux petits coups légers !

– Entre, ma grande, ma mère savait toujours qui de ses trois enfants était derrière la porte : trois enfants, trois façons d'être et, pour elle, trois façons de nous aimer.

– Maman, j'ai vu un chat magique dans la vitrine du brocanteur ! Un chat vivant ?

– Le chat du brocanteur ?

– Bien sûr que non. Il ne me le vendrait pas ! Non, c'est un faux chat vrai. Il cligne des yeux quand je m'approche. Quand il ferme les yeux c'est pour me dire qu'il m'aime et qu'il me comprend.

– C'est un chat empaillé peut-être ?

– Bien sûr que non ! Ce n'est pas un chat mort. Il est presque vivant : on le berce et il ronronne. Il me parle. C'est un chat magique et je l'aime.

– Je vois. Tu le veux ce chat ?

– Oui maman, s'il te plaît !

– Très bien. Si dans un mois tu n'as pas changé d'avis, tu l'auras, c'est promis !

Sur ma table de travail, mon livre de comptes et mes enveloppes me ramènent infailliblement au foulard de soie. Je décide de me l'offrir, mais d'attendre un mois avant d'entrer dans la boutique.

Le lendemain matin, je me lève dès l'aube de façon à inclure, avant de me rendre à la bibliothèque, une escale éblouie devant l'oiseau de soie. Tandis que le soleil touche à peine la cime des trois platanes, je peux le contempler tout à mon aise et sans témoin. Debout devant la vitrine où danse l'ombre mouvante et clairsemée du feuillage, je tombe cette fois en extase et me sens comme aspirée dans une sorte d'envolée mystique : l'oiseau s'est transformé en mouette rieuse et semble voler très haut au-dessus d'une myriade de vaguelettes d'écume. En équilibre joyeux, dans le silence éthéré, il plane.

Le mois de septembre allait finir en beauté. Les journées, dès le matin, s'annonçaient sereines. A présent, je m'arrêtais au moins une fois par jour devant la vitrine où l'oiseau, toujours aussi fascinant, s'épanouissait au centre du carré de soie. A chaque rencontre, il se métamorphosait, devenait palombe ou bien fou de Bassan, goéland railleur ou aigle royal.

    Chaque jour je venais contempler l'objet de mes désirs et de mes rêves qui, à présent, me poursuit jusque dans mon sommeil pour ne me quitter qu'à l'aube. Il traverse mes nuits à grands coups d'ailes. Ensemble nous survolions de mystérieuses contrées : je deviens condor ou courlis cendre, au gré de ses propres métamorphoses. L'oiseau s'impose à moi, quelle que soit l'heure, quel que soit le lieu : je le vois entre les pages de mes livres, sur les toiles du musée, dans les frondaisons du Jardin du Roi. De plus en plus attirée par la petite boutique feutrée, je traverse, la placette des ailes au cœur, impatiente de retrouver l'oiseau de soie, qui, dans la vitrine, déployé sa force et sa virtuelle conquête de l'espace dans le chatoiement de son généreux plumage.

    La nuit qui doit précéder l'achat du foulard, je rêve, comme de coutume, de l'oiseau : nous survolons ensemble une immense vallée verdoyante bordée de monts acérés. Je me coule dans l'espace avec la même aisance que celle de l'oiseau. Je le suis sans jamais le perdre des yeux. Je sens l'air transparent me porter avec douceur au-dessus du vide qui, à présent, ne me fait plus peur. Pourtant je m'inquiète. Et si l'oiseau allait disparaître derrière un sommet ? Malheur à moi si je le perds de vue ! Comme un oiseau, j'accélère mes battements d'ailes. Soudain, surgie de l'invisible, une dent rocheuse s'interpose entre moi et l'oiseau. Aussitôt le vertige me désagrège et je tombe dans le vide comme une volée de cailloux. Projetée hors de mon rêve, je me réveille lorsqu'enfin je me rendors, c'est pour me noyer dans le même cauchemar qui se termine en chute vertigineuse.

Jamais, jusqu'alors, je n'ai eu le moindre doute : je suis certaine de pouvoir acquérir le foulard.

Bien plus, j'en ai le droit et je l'ai pleinement mérité. Rien ne peut plus s'interposer entre moi et l'oiseau.

Mais ce matin—là, les cauchemars de la nuit déteignent sur tout ce qui m'entoure et le doute m'engloutit dans ses sables mouvants. L'incertitude me ronge. Vais-je perdre l'oiseau tout comme j'avais perdu mon chat magique ?

Et lorsque de l'angle de la placette, j'aperçois la boutique derrière sa grille encore fermée, je revois celle du brocanteur avec sa pancarte liserée de noir et ces mots : Fermeture définitive pour cause de décès. Retrouvant intact mon désespoir d'enfant je m'agrippe a la grille et la secoue comme une démente. Je viens de perdre l'objet de mes désirs. Pourtant j'ai sagement patienté un mois, mais ma mère n'a pas pu tenir sa promesse. J'appuie mon front contre la grille et sur mes doigts je sens couler des larmes de rage, de regret et de rancœur.

Pourquoi avoir obéi au principe de ma mère qui une fois déjà m'avait déchiré le cœur ?

Je suis retombée dans le même piège : cette longue attente de trente jours une fois encore me privait, d'un objet convoité, aimé, apprivoisé. Il aurait été si simple de l'acheter le premier jour ! Quel stupide principe ! Je veux cet oiseau ! Je veux ce foulard !

Je secoue la grille, répétant sans cesse ces mêmes phrases. Derrière moi j'entends à peine : " Madame, veuillez patienter un instant, je vous ouvre la grille ",

Hébétée, je suis du regard les moindres gestes de la vendeuse et le bruit métallique de la grille que l'on replie est comme l'écho transposé d'une profonde respiration, un soupir tiré de l'âme.

Dans la pénombre ouatée de la boutique quelques lumières tamisées laissent çà et là, des recoins de mystère et la Symphonie du Nouveau Monde, mise en sourdine, finit de me pacifier. Cette musique offre à l'oiseau de soie des espaces à sa mesure et mon âme caresse déjà en pensée la douceur de l'étoffe.

Lorsque la vendeuse enferme le foulard dans une boîte presque aussi luxueuse qu'un coffret à bijoux, je manque de défaillir, comme si l'oiseau et moi nous venions d'être emprisonnés dans quelque cercueil doublé de satins et de dentelles, murés ensemble dans un confort ironiquement douillet et d'une ridicule inutilité. Je m'arrache à ce morbide malaise et me hâte de payer.

Sur la placette le soleil joue entre les branches presque dénudées des trois platanes. Sans l'oiseau, la petite vitrine semble recroquevillée sur elle-même, comme si l'on venait de lui arracher le cœur. Peu m'importe après tout, puisque je l'emporte dans un tourbillon d'allégresse. Je suis joyeuse de la tête aux pieds et j'anticipe l'instant béni où je nouerai, autour de mes épaules, ce foulard qui depuis un mois me fascine et remplit ma vie à ras bords.

Devant le miroir de ma chambre je drape avec soin la soie légère autour de mes épaules, puis je pivote un peu afin de me voir de dos. Or, quelle que soit la pliure ou la pose, il ne reste rien de la magie évocatrice de l'oiseau : tantôt il devient un monstre ailé acéphale, tantôt rien qu'une tête empennée sans corps ni pattes, une sorte de sphinx tronqué. J'ai beau varier les angles et le plier en rectangle, en triangle, l'oiseau ne supporte pas d'être noué sur les épaules de quiconque. Le cœur serré, je dois reconnaître qu'il lui faut s'étaler à plat, comme en plein vol, pour être vraiment lui-même. Avec soin, je le pose alors sur mon petit guéridon en guise de tapis de table. Mais là encore il semble avoir les ailes brisées et les quatre pans du foulard retombent flasques comme des membres désarticulés. Que faut-il donc faire pour qu'il retrouve Sa magie ? où le poser ? sur le dossier d'un fauteuil ?

La soie fluide glisse aussitôt et je le retrouve recroquevillé et méconnaissable au fond du siège pareil à un petit tas de cendres tristes.

Je me sens envahie par un doute cruel. Ai-je traversé l'épreuve de ce mois d'attente en vain ? Mon désir de l'oiseau n'est-il pas au fond, qu'un simple caprice ? Un engouement passager ayant fait long feu ? ma mère avait-elle donc raison ? comme lorsqu'elle avait cédé pour le cheval à bascule que j'avais demandé à cor et à cri et que le soir même j'avais oublié dans le jardin : une pluie impitoyable avait traversé le vernis et gorgé d'eau le cheval en carton bouilli. Le lendemain, du cheval fringant ; il ne restait qu'un tas informe, grisâtre, que la pluie, qui continuait de tomber, achevait de défigurer. Comment ai-je pu oublier cette leçon ?

Assise le dos à la fenêtre, je fixe le mur de ma chambre où, comme d'habitude, à cette heure de la journée, les frondaisons du Jardin du Roi jouent aux ombres chinoises et brodent le papier peint d'arabesques vivantes. J'ignore combien de temps je-suis resté là, assise, sans bouger, l'esprit vide, dépossédée de ce qui m'a exaltée, de ce qui donné de la saveur à mes jours et à mes nuits. A présent l'oiseau de soie me trahit et refus de se plier à mes exigences.

Sur le point de se coucher le soleil glisse un dernier rayon entre les branches du liquidambar. Sur le mur, que je fixe sans le voir, un oiseau aux ailes déployées semble se dessiner entre les ombres mouvantes, tout comme sur la vitrine aux reflets des trois platanes. Cette fois, j'ai trouvé ! Je mets le foulard sous verre et je l'accroche précisément où la vitre qui le recouvre capte le dernier rayon du couchant et reflète les frondaisons du Jardin du Roi. En équilibre au cœur des prismes de lumière et, du frémissement des branches, l'oiseau, intact et sans entraves, peut à nouveau se transformer et devenir selon les caprices du jour, condor ou mouette rieuse, circaète ou albatros et faire surgir, au bout de ses ailes, de vertigineuses perspectives ou bien encore des mers immobiles et sereines.

Parfois même en exquise empathie avec moi, il daigne se muer en pigeon-paon afin de m'offrir les deux lions de marbre aux ailes hiératiques sur la piazza dei Leoncini, superbement sibyllins dans l'exquise lumière de la lagune.

Montpellier, le 22 janvier 1997

Cette année-là

Je dois avoir trois ans. Il me semble que c'est mon tout premier souvenir : je revois un embrasement de charbons rougis, des flammes opalescentes qui dansent dans le foyer de la cuisinière à charbon, ma première télévision en somme.

La cuisine est mon repaire favori. Je m'y sens bien, il y fait chaud en hiver malgré la neige, malgré le gel.

Pauline, qui est à la fois notre cuisinière, ma nourrice et qui, de temps à autre, remplace ma grand-mère, sait faire de si jolis et bons gâteaux.

Ce jour-là, je me tiens bien sage près de la porte du four où une douzaine de meringues ont fini de se dorer. Je les contemple, l'eau à la bouche, serrant contre mon cœur mon petit ours rouge qui, après avoir reçu tant de baisers, être tombé et avoir traîné tant de fois sur le sol, s'est chargé de tant de poussières qu'il en est tout défiguré. Mais je l'aime, c'est mon ami et je lui raconte tant de choses...

A présent, je lui montre le four ouvert et lui vante les douceurs que nous attendent.

Je me revois assise sur ma chaise haute de bébé, emprisonnée derrière la tablette rabattue devant moi et où Pauline a déposé quelques meringues encore toutes chaudes et moelleuses. J'avance la main pour en prendre une et la goûter lorsque je m'aperçois que j'ai oublié mon petit ours devant la cuisinière.

Je veux descendre de ma chaise haute. Impossible.

– Mon nounours, Pauline, mon nounours, donne-le-moi, s'il te plaît !

Sans doute excédée de voir, une fois de plus, ce jouet couvert de poussières traîner à terre, Pauline se retourne et dit : « C'est un véritable nid à microbes, il est grand temps de le remplacer ! ».

D'un geste vif, elle ouvre la cuisinière : dans le rougeoiement des braises, je vois mon petit ours rouge ! Je le vois se tordre et se défaire de ses membres, son corps, sa tête et ses yeux fondre de douleur. Mon cœur s'arrête tandis que le feu, comme attisé, redouble de violence et s'acharne sur mon autre moi-même. Je souffre son agonie.

Le bruit du loquet, qui retombe dans son logement, le claquement sec et définitif de la petite porte qui se referme l'arrache à jamais à mon regard.

Avant-hier, j'ai retrouvé un petit ours rouge. Je l'ai acheté sans hésiter : il est bien doux, bien rouge, bien propre et sans microbe et lavable en machine par-dessus le marché !

Lorsque je le regarde, mon désespoir d'enfant m'étrécit à nouveau la gorge. Pour un peu, je me mettrais à sangloter.

Montpellier, le 30 janvier 1997

Photo En Noir et blanc

Celui qui avait pris la photo était placé de l'autre côté de la rue de façon à ce que la façade, ainsi que le côté gauche de la maison, soit visible.

Ma grand-mère debout sur une marche du Perron, semble esquisser un pas vers la porte d'entrée, comme impatiente de retrouver la tâche qu'à regret elle vient d'interrompre. Son expression est souriante certes, Mais quelque peu matinée d'agacement : le temps s'écoule alors qu'elle a tant de choses à faire avant midi. Mon grand-père les mains dans les poches se tient à l'entrée du jardin qui longe le côté gauche de la maison, visible sur la photo.

Devant le portail flanqué de deux jeunes cyprès qui lui arrive tout juste à l'épaule. Il n'a visiblement rien d'autre à faire que de fixer d'un air paisible et satisfait l'objectif de l'appareil. Il a vraiment tout son temps car il vient de tailler avec amour ses espaliers ainsi que son plan de vigne qui couvre la partie basse du mur : on y remarque la belle symétrie des branches de poirier et celle des sarments de vigne coupés ras.

Le soleil brode des ombres joyeuses sur la grisaille du mur tandis que mon grand-père songe déjà avec tendresse à ses « louises bonnes » fondantes et juteuses ainsi qu'aux grappes rebondies de son plan de Chasselas. Adossé au mur du jardin ses deux fils cadets font des grimaces au photographe qui n'est autre que leur frère aîné. Bouche ouverte, haletants, ils semblent tous à bout de souffle et se collent le dos au mur comme pour ne pas tomber : Ils viennent sans doute de vagabonder dans les collines où les Mirabelliers sont encore en fleurs.

La photo terminée ils s'échapperont une fois encore dans la campagne, ivres d'espace, de mouvement et de liberté.

Au premier étage, côté jardin, assise dans l'encadrement d'une fenêtre grande ouverte, la fille de la maison sourit, un petit chat tigré lové sur ses genoux. Légèrement penchée en avant, elle semble écouter s'il ronronne. A qui pense-t-elle ? A son amoureux ? Son sourire fragile à peine esquissé. La maison est toujours là. Mais elle a été vendue. Les espaliers et le plan de Chasselas ont été remplacés et les cyprès arrivent jusqu'au toit.

Tous les protagonistes qui, chacun à sa manière vont tenter de composer avec le temps sont dans le petit cimetière au pied des collines où les mirabelliers continuent de fleurir et de porter leurs fruits.

Quant au photographe, il repose au bout d'une longue allée dans l'imposante nécropole de la ville voisine. Ma tante détestait la campagne.

Montpellier, le 13 mai 1997

Une nuit sans lune

De petits coups obstinés contre les volets de la fenêtre de ma chambre m'arrachent sans ménagement à mon fragile sommeil. Mon sang ne fait qu'un tour, une rage incontrôlable m'envahit toute : Je la sens dans mes mains crispées qui s'agrippent frénétiquement au drap, je la reconnais dans le bond nerveux qui me jette hors de mon lit uniquement pour faire cesser les coups lancinants et pervers qui, depuis des semaines, voire des mois, fracassent et éparpillent mes rêves au petit matin.

Cette fois-ci, c'en est trop : le cadran lumineux de mon réveil indique minuit, treize minutes, treize secondes ! Il faut absolument que ces coups cessent, je dois y mettre fin, tout de bon et tout de suite. Je suis hors de moi, dans un état qui frise la crise de nerfs, voire la démence. Je vois mon sommeil s'étrécir comme une peau de chagrin, mes insomnies gagner du terrain et la folie me guetter au coin1 de mes nuits blanches.

Aiguillonnée par la nécessité d'agir vite et galvanisée par la peur de perdre la raison, je me précipite hors de ma chambre. Le temps presse : le hachoir de la cuisine fera l'affaire. Je le cherche partout, et, lorsqu'enfin je le découvre au fond de l'évier, encore couvert d'un résidu visqueux d'oignon et d'échalote, ma colère est à son comble. A peine l'ai-je saisi qu'il me semble d'un poids dérisoire, impropre à réaliser mon noir dessein : je le lance dans l'évier où il tintinnabule, inoffensif et discordant.il me faut quelque chose de plus lourd et de plus mortifère si je veux que cessent à jamais ces bruits nocturnes qui grignotent ma raison à petit feu.

Dans le couloir, j'entends à nouveau ces mêmes petits coups contre les volets : il recommence, il ne s'arrêtera donc jamais cet empêcheur de danser en rond, ou plutôt de 'dormir en long' ! Ce mauvais jeu de mots ne fait qu'exciter ma rage : je ne me reconnais plus. Comme une folle je gagne au pas de charge le fond du garage qui me sert de bûcher. Là, l'odeur envoûtante et rustique des rondins que je brûlerai cet hiver, m'étourdit et me distrait un instant de mes funestes intentions, mais le temps n'est pas aux rêveries de promenades en forêt, les coups contre mes volets m'interpellent.

Enfoncée à mi-laine sur son billot, fichée dans un superbe équilibre, ma hache trône et scintille comme les bijoux de la couronne et je dois m'y reprendre a deux fois pour l'extirper de son support. Après le poids ridicule du hachoir, elle s'avère lourde et menaçante ; son tranchant aussi affilé que celui d'un rasoir : elle fera du bon travail !

Lorsque je sors dans le jardin afin de prendre l'ennemi à revers, j'ai oublié qu'il n'y a pas de lune et qu'en plus, le ciel est couvert : il fait « noire nuit » comme l'on dit en Lorraine. J'avance lentement, sans bruit, guidée à la fois par ma mémoire des lieux, ainsi que par les coups lancinants qui n'en finissent pas de me narguer : ils me guident naturellement jusqu'à la fenêtre de ma chambre. Près des volets fermés et dans une obscurité presque totale je distingue mal sa silhouette souple et harmonieuse, mais je l'entends bouger. Alors, fermant les yeux, je m'acharne sur cette forme mouvante que j'imagine plus que je ne la vois. Tenant la hache des deux mains, je frappe à l'aveuglette et de toutes mes farces je frappe jusqu'à ce que s'épuisent à la fois mon énergie et ma colère.

Soudain, plus de mouvements, plus de bruits, plus de coups contre les volets, plus rien : un silence de mort envahit l'espace. Tout comme la silhouette près de la fenêtre de ma chambre, ma rage s'est volatilisée dans l'accomplissement de ma sinistre besogne : sous mes doigts hésitants, la lame humide et légèrement ébréchée le prouve.

Le lendemain, je me réveille à huit heures, ce qui ne m'est plus arrivé depuis longtemps, mais au lieu de m'en réjouir, je suis angoissée, un malaise singulier m'étreint : je me sens comme poussée à m'acquitter sur-le-champ d'une tâche impérative, une sorte de pèlerinage ou plutôt de chemin de croix dont les trois seules stations seraient la cuisine, le bûcher et le jardin.

Dans la cuisine, le hachoir est à sa place dans le tiroir de la table, avec les couteaux. Dans le bûcher, crânement fichée à mi-lame, la hache semble me narguer. Il me reste à affronter le jardin. J'en ai aussitôt le cœur à l'envers. Le souvenir du sombre carnage de la nuit me coupe les jambes, on dirait que tout mon sang quitte mes veines et mes artères pour se tapir on ne sait où. En dernier ressort c'est la curiosité qui l'emporte sur ce nauséeux vertige : il me faut découvrir le noir forfait de cette nuit sans lune.

Près des volets clos de ma chambre, je le découvre : sa chevelure d'or se répand comme une cascade jubilante du Jardin des Hespérides. Il est là, couleur soleil, gracieux et souple tel un danseur antique couvert de voiles diaphanes où des milliers de petits points jaunes se déplacent au gré de ses mouvements, dans le souffle timide de l'aurore. Je m'élance vers lui et j'enfouis mon visage dans les profondeurs duveteuses et parfumées de mon bien-aimé mimosa.

Le facteur, en me donnant mon courrier, me jette un regard embarrassé.

Vous n'auriez pas attrapé la jaunisse par hasard ? Vous avez le nez tout jaune !

Non, monsieur le facteur, je viens d'embrasser mon mimosa ! A voir la façon dont il lève les yeux au ciel, je comprends que, non seulement il ne me croit pas, mais qu'à présent il me tient pour complètement folle. Peu m'importe, ce n'est que vétille après le noir cauchemar de cette longue nuit sans lune.

Montpellier, le 18 janvier 1998

Délivrance ?

L'espace dont je dispose est réduit et sombre, mais douillet et me va d'ailleurs comme un gant : je m'y sens parfaitement bien, malgré le manque de place et l'obscurité dans laquelle je suis constamment plongée.

Des bruits me parviennent, étouffés, comme érodés et arrondis par l'espace moelleux qui m'en sépare. Ils me tiennent compagnie : l'un d'eux, en particulier, domine, non pas qu'il soit plus intense, mais parce qu'il est constant, omniprésent : une série de battements sourds et réguliers qui, à l'infini, rythment le temps qui passe. Je les perçois tout autour de moi, sans interruption : Je suis en quelque sorte, plongée dans un sempiternel bruit de tam-tam assourdi qui me caresse délicatement, atténué, réconfortant comme une présence amie.

Et c'est nourrie de cette présence que je deviens moi et que, petit à petit, je prends conscience de mon être qui se fait et qui se forme. Ainsi, je sais que j'ai quatre membres, terminé chacun par cinq petits doigts très mobiles.

Je peux si je le veux, saisir l'un de ces quatre membres avec n'importe lequel des trois autres. Je sais qu'ils sont à moi et qu'ils m'obéissent. Je découvre ma force, je bouge mes membres comme il me plaît et lorsque je trouve le temps un peu long, je suce mon pouce et je m'endors.

Au fil des mois je me sens grandir et me transformer. Je suis loin du temps où je n'étais encore qu'une sorte de petite boule, ou plutôt un petit œuf replié sur lui-même et sur sa propre rotondité.

A présent je ne me reconnais plus : je m'épanouis et je m'étale dans un cocon souple, tiède et confortable où je peux bouger, me retourner, la tête en bas, et surtout, où je me sens devenir moi, tout à fait moi. Là, hormis les battements du cœur de ma mère et quelques échos ouatés de voix que je reconnais comme étant celles de mes parents, je savoure en toute quiétude, mon apesanteur et j'en profite pour m'essayer à virevolter de-ci de-là au bout de mon cordon ombilical comme un cosmonaute dans sa navette.

Pourtant, il m'arrive parfois de me dire qu'il ne me reste sans doute plus beaucoup de temps à passer dans ce nid douillet et tendre, fait à ma mesure et où je suis logée, nourrie, aimée et qu'il va falloir bientôt le quitter.

Alors j'imagine ce départ, en beauté, en souplesse, une sorte de jubilante apothéose : je me sentirai aspirée en douceur par le souffle sacré de la vie qui veut me voir enfin entièrement libre et autonome. Je me verrai m'élever lent ment, légère comme l'oiseau, le long d'un large couloir lisse et infiniment doux, pour me retrouver enfin à l'air libre. On me déposera délicatement dans des bras accueillants, pleins d'attente et d'amour où je serai reçue comme un trésor, puis on me bercera, on me rassurera lorsque j'aurai poussé mon premier cri. Dans cet espoir infini, le cœur empli d'images nouvelles, je me sens gorgée de vie. De joie, je prends mon pied, au propre comme au figuré, et je m'endors béatement.

Dans mon rêve, je cours, légère, je sens l'air frais entrer par mes narines et descendre jusqu'au fond de ma gorge.

Sous mes pieds, le sol souple d'un sous- bois. Mes petites jambes courent, elles qui n'ont encore jamais servi, jamais couru sinon en rêve : j'apprends l'espace, l'amplitude de mes pas, l'élasticité du sol : l'intensité de ma joie est immense.

Soudain, ma course s'arrête, brutalement, bizarrement : mon rêve s'éparpille, disparaît pour faire place à une sensation que, foi de fœtus, je n'ai encore jamais ressenti ce cocon si douillet, si vivant, d'un seul coup se dessèche, perd toute sa souplesse et se fripe comme la peau d'une pomme de l'an passé : j'étouffe.

Ma mère vient sans doute de perdre les eaux. Je me sens abandonnée. Je n'ai pas le temps de m'apitoyer sur moi-même qu'une crampe des plus tétanisantes qui soient m'étreint alors et m'asphyxie : mon cocon reprend vie et m'enserre de toutes parts comme un étau doté d'une force létale qui tenterait de m'essorer toute vive, puis la poigne se relâche, je respire à nouveau. Pas pour longtemps, hélas : la deuxième contraction me coupe à nouveau le souffle, reprend son rôle de boa constrictor et me laisse à nouveau pantelante et presque sans vie.

Les contractions se succèdent, chacune plus atroce encore que celle qui l'a précédée, seul l'intervalle qui les sépare me permet de rester en vie, tant soit peu.

J'essaie de retrouver un semblant de souffle, lorsque surgit, je ne sais ni d'où ni comment, un morceau d'être ou de chose qui dépasse, dans son horreur, tout ce que j'ai pu imaginer jusqu'alors.

Deux grosses pattes sombres et griffues, munies de serres acérées crèvent brutalement mon cocon fripé. Levant les yeux, je vois alors une sorte de mâchoire de lion affamé grande ouverte selle me saisit des deux côtés de la tête à la fois, mes tempes semblent broyées, puis sans ménagement, tractées hors de mon nid. Mon corps, incrédule, suit, anéanti d'un coup par la douleur, la peur, le chagrin. Par la rage aussi, car de quel droit m'a-t-on fait sortir aussi précocement ?

Je tends mes deux bras frêles afin de résister à la traction et de toutes mes forces je tente de m'accrocher à ce qui jadis, avait été pour moi un lieu de délices et de béatitude.

Ma montée aux enfers est des plus longues et des plus douloureuses : j'étouffe, mes tempes ne sont plus qu'une immense douleur béante. Ma tête est comprimée, broyée, enserrée dans un étau glacé, impitoyablement refermé sur le tendre cartilage de mon crâne de nouveau-né.

Tandis qu'à travers mes fines paupières, tout devient soudain d'un rouge sombre, presque noir, je sens un liquide épais, visqueux s'agripper à moi comme une seconde peau qui me métamorphose aussitôt en un paquet de chair vive et écarlate.

Puis c'est le saut dans l'inconnu : à présent, je ne suis plus dans les obscures entrailles de ma mère : une lumière brutale me déchire les yeux. Ils sont encore clos, mais la puissance de cette clarté qui m'environne est si violente qu'elle traverse mes paupières et me blesse avec la cruauté du fil d'un rasoir. Un souffle d'air glacé envahit goulûment ma bouche grande ouverte : je hurle un cri féroce ; il me déchire, me délivre et me terrifie tout à la fois. Presque aussitôt on me plonge dans une bassine d'eau très froide, me semble-t-il, où transpercée jusqu' au tréfonds de mes cartilages, Je grelotte de froid et de fièvre alternativement.

On me débarrasse de ma gangue de placenta et de sang puis mon corps glacé et encore tout endolori par les affres de la naissance est enfin emmailloté.

Mes jambes sont étroitement serrées, étouffées dans un carcan de bandelettes, comme une momie à qui l'on aurait laissé les mains libres.

C'est ainsi ligoté, le visage rouge de froid et de colère que l'on me dépose comme un paquet bien ficelé dans les bras épuisés de ma mère. Ma tête m'envoie des coups de boutoir, mon corps et mon cœur de nouveau-né saignent comme un torrent ...

Que j'étais bien dans le ventre de ma mère !

Montpellier, le 23 février 1998

Icare et l'escalier

Icare est sur le point de s'envoler au-dessus de la mer : il ne reste plus qu'à enfiler les ailes de cire que Dédale, son père, lui a données. Mais soudain il hésite et découvre un large escalier qui s'envole en spirale, le long d'une Tour ronde et qui ressemble comme une sœur à la tour de Babel. Son sommet se perd dans le gris des nuages.

Icare lève les yeux : il vient de découvrir qu'il existe une autre façon de s'élever vers le ciel. Il suffit d'emprunter cet escalier qui paraît sans fin. Icare est perplexe lorsque soudain l'escalier lui adresse la parole :

– Pourquoi hésiter ? Viens ! Tu verras combien est exaltant de gravir mes marches, une à une, lentement en prenant son temps. Viens !

– Hélas si je gravis tes marches je me priverais de cette impression de liberté et de légèreté, celle qu'éprouve l'oiseau lorsqu'il vole.

– Peut-être bien. Cependant as-tu songé à la force qu'il te faudra pour battre des ailes. Ces ailes qui ne font pas partie de toi ? Y as-tu vraiment pensé ?

– Non mais je suis fort, j'ai la ténacité la volonté de m'élever vers le ciel.

– Alors emprunte-moi c'est une autre façon de s'élever et tellement plus facile.

– C'est plus facile, peut-être mais tellement moins exaltant.

– Que tu crois ! Si tu montes un à un, mes degrés, tu les monteras à ton rythme, à ton pas. C'est toi qui décideras de ta cadence. Tu verras alors le paysage changer, s'agrandir et l'horizon reculer encore. Tu pourras reprendre ton souffle et admirer la terre en contrebas.

– Peut-être que tu as raison mais je veux sentir l'air vivifiant soutenir mes ailes, je veux me couler dans l'éther en une ascension jubilante au rythme de mes propres battements d'ailes, toujours plus hauts, plus libre, oui plus libre, être plus moi-même.

– Mais que feras-tu toujours plus haut ? Où donc reposeras-tu tes membres fatigués, tes ailes rompues par ces mouvements répétés à l'infini ? Avec moi au contraire tu pourras soulager ton corps las et retrouver ton souffle. Tu pourras après avoir atteint l'ultime palier t'y allonger et t'endormir, heureux d'avoir atteint ton but.

– Sais-tu que l'oiseau en train de voler ne se sert que de ses ailes et qu'il profite du vent qui le porte lui permettant ainsi de gagner des hauteurs vertigineuses.

– Aurais-tu oublié le conseil de Dédale ton père lorsqu'il t'a donné ces ailes ? « Il faut mener ta course à une hauteur moyenne. Vole entre les deux ». Ce sont là ses propres mots.

– Je sais je m'en souviens, mot pour mot, mais ma force et mon courage sont-tels que je vaincrai, j'atteindrai le sommet du ciel.

Aussitôt il saisit les ailes que son père lui a données, les enfile et les fixe solidement au milieu du dos à l'aide d'une paire de fines sangles en cuir doré. D'un grand coup de talon et d'un large coup d'ailes il quitte le petit tertre où il était monté pour prendre de l'élan.

Une agréable sensation de légèreté et de puissance l'envahit au fur et à mesure qu'il prend de la hauteur exactement comme il l'avait prévu, le paysage qui s'est animé s'enrichit à chaque coup d'ailes le ravit et le bouleverse. Il jubile. Plus il monte plus son envie de monter décuple ses forces. Chaque fois qu'il bat des ailes il se sent de plus en plus puissant : il devient le vent l'espace le monde le monde tout entier. Sa joie n'a pas de limite tandis qu'il s'élève ainsi vers le soleil. L'espace est de plus en plus lumineux plus chaud aussi.

Icare toute à son exaltation à présent plane au-dessus des flots qui scintillent, Il ne sent pas les gouttes de cire qui coulent lentement de ses ailes comme autant de larmes encore chaudes et tombent dans la mer, si loin, en contrebas, qu'on pourrait la prendre pour un lac.

Icare ne s'est pas aperçu que ses ailes se sont racornies et qu'il a besoin de plus en plus de force pour les bouger. Chaque battement d'ailes est devenu une souffrance.

L'exaltation du début à complétement disparu, une lassitude désespérée la remplace. Pourtant il continue d'agiter ses ailes rabougries et dérisoires, qui non seulement ne lui permettent plus de s'élever, mais petit à petit lui font perdre de la hauteur. Tout en bas la mer peu à peu, reprend sa taille normale et Icare aperçoit l'escalier de la tour.

Il rassemble alors le peu de force qu'il lui reste afin de s'en approcher. Il s'y serait certainement écrasé, mais Eole qui le suit se souvient, le soulève avec délice. Il s'est donc mis à souffler un vent sec et glacé. Il se doit de sauver Icare, qui sent ses ailes se raffermir et la tour grandir à chaque battement d'ailes.

Il reprend courage et dans un ultime effort agite encore ses moignons. Il tombe plutôt qu'il n'atterrit dernière plus haute marche de l'escalier. Le corps endolori, il reste longtemps immobile, mais son cœur bat. Il sait qu'il a malgré tout gagné, puisqu'il a beaucoup appris.

Lorsque la douleur s'atténue et qu'il peut enfin se relever, il dénoue les fines lanières de cuir doré qui retiennent ce qu'il reste de ses ailes et se promet de les conserver en souvenir, car ne lui ont-elles pas permis d'atteindre le sommet de la tour ?

Montpellier, le 29 mars 1998

Ah si j'étais ministre !!

Ah ! Que je ne suis ministre de la rue !
Plus d'affiche sauvages ni de tags incongrus :
Les murs de la ville vieilliraient sagement
Et n'auraient pour tout voile
Que la patine du temps.

Que je ne suis-je aussi ministre des jardins.
Je fleurirais la ville de roses et de jasmins
Qui empliraient les rues, de parfums fanfarons
Et de douces senteurs épanchées des balcons.

Et que je suis encore ministre de la vie
Pour donner à chacun
Le droit de travailler
Et de loger les siens ailleurs qu'en un taudis
Et de bien les nourrir Et de bien les aimer.

Car chacun a le droit d'obtenir un emploi
De se réaliser par quelques humbles labeurs
Pourvu qu'il y mette une part de son cœur
Et qu'il s'y attache et le fasse avec joie.

Je voudrais être enfin ministre de l'univers
Pour offrir à chacun sa part de l'étincelle
Qui transfigure la vie et fait quelle ruisselle
Comme un cours d'eau serein
Qui coule vers la mer.

Montpellier, le 11 mai 1998

Le pensionnat du Sacré-Cœur

Au pensionnat du Sacré-Cœur on célébrait en juillet une messe solennelle pour fêter à la fois la fin de l'année scolaire et le début des grandes vacances. On choisissait la matinée du jeudi le plus proche de la fête nationale et de la distribution des prix qui avait lieu l'après-midi.

L'ambiance qui régnait ce jour-là était à la fois joyeuse et tendue car - la grand-messe des vacances - comme on l'appelait alors, devait être l'apothéose de toute une année de travail à la fois intellectuel et religieux car nous devions avoir progressé sur le chemin du savoir comme sur celui de la spiritualité.

Nos professeurs, de saintes religieuses vêtues de noir, la tête coiffée d'une cornette tuyautée qui leur mangeait tout le visage et le réduisait à deux yeux, un nez, une bouche, veillaient à ce que nous ne sortions jamais du droit chemin. La peur du diable et de ses complices nous en dissuadait et cette peur devait durer au moins jusqu'à la rentrée d'octobre, car nul n'ignore que les ruses du démon se font plus subtiles et plus sournoises en période d'inaction et de loisir !

Personne n'en était plus conscient que notre bonne mère supérieure. A ses yeux, cette journée était donc d'une importance stratégique pour nos jeunes âmes en péril. Aussi s'efforçait-elle d'être partout à la fois afin de bien veiller au grain.

Cinq minutes avant le début de la messe, c'était elle qui réglait notre entrée dans la chapelle : nous devions avancer lentement, deux par deux, à tout petit pas, sans faire le moindre bruit sur le parquet ciré qui couinait.

Les yeux baissés sous notre petit voile de tulle noir tiré très bas sur le front, qui descendait jusqu'aux yeux au point de nous faire loucher. Nous avancions, mains jointes sur le plexus solaire, à la manière des vierges saintes de nos images pieuses qui nous servaient de modèles.

Les vitraux jetaient de mouvants kaléidoscopes jusque sur les marches de l'autel. L'officiant et ses enfants de chœur sortaient en procession par la porte de la sacristie et s'agenouillaient au pied de ce dernier. Les élèves debout, l'estomac vide afin de pouvoir communier, attendaient que la mère supérieure leur fasse signe de s'asseoir. Le prêtre se mettait alors à prier, longuement.

Pas question pour nous de lever les yeux pour s'évader dans la lumière changeante des vitraux du chœur : les religieuses bien rangées dans leurs stalles de chaque côté de la nef, nous surveillaient du coin de leur cornette, mine de rien, même si elles semblaient en prière.

Au fur et à mesure que le temps passait j'ai eu le cœur de plus en plus à l'envers et l'estomac de plus en plus nauséeux.

Les interminables suppliques du kyrie Eleison me donnent soudain le tournis et lorsque tout le monde se lève après cette longue station à genoux, pour entonner une gloria joyeuse et claironnante, je sens mes jambes se dérober. Mon estomac vide, l'odeur capiteuse de l'encens, la touffeur continentale d'un juillet lorrain, la solennité de la cérémonie et la chaleur animale dégagée par l'assemblée des fidèles ont raison de moi.

Je m'affale au lieu de me mettre debout comme tout le monde et j'ai dû perdre connaissance.

Lorsque j'ouvre les yeux, je suis au paradis : des voix suaves chantent en contre-bas. J'ai l'impression de flotter dans les airs, car je suis à présent à la même hauteur que les vitraux ; je vole dans la flamboyante lumière de leurs mirages.

Je me crois béatifiée au milieu des élus, assise avec eux autour du trône de Dieu le Père. J'exulte.

Soudain un énorme nuage obscurcit le soleil et je m'aperçois que je suis tout simplement assise au premier rang de la petite tribune, presque sous les ogives de la voute gothique au fond de la chapelle.

La mère supérieure semble surgir de l'ombre et me tend un petit verre à pied, rempli à ras bord d'un liquide ambré, si tentant, si divinement doré, que je le bois cul sec !! Un peu tassé le breuvage mais sublime tout de même.

Bien sûr je ne suis pas au ciel, parmi les élus, mais ce céleste élixir est tout de même une petite consolation.

Par la suite lors de messes un peu trop longues à mon goût je réitérais sans vergogne la grande aventure de la tribune et goûtais à nouveau la divine boisson, qui valait bien une messe !!!

Montpellier, le 22 juillet 1998

En 1998 j'ai ...

J'ai fait environ 1095 vaisselles que j'ai, tantôt essuyées, tantôt laissées sur l'égouttoir, selon mon humeur, selon mon courage.

Je me suis levée 365 fois et j'ai dû 365 fois affronter la pesanteur du jour, heure par heure, jusqu'au 31 décembre.

J'ai concocté 730 repas. Je les ai préparés, mangés, plus ou moins bien digérés, sachant que le lendemain tout serait à refaire... Insidieux travail de Sape que le minutieux décompte du temps qui se distille, jour après jour, comme un lent poison.

J'ai mis des centaines de lessives dans une machine imperturbable qui me les lavait et qui, dans un grondement de tonnerre, me les essorait interminablement. Je les suspendais enfin et les laissais sécher.

Cruelle répétition de gestes quotidiens qui s'incrustent en vous comme des sarcophages, routines sclérosantes que l'on voudrait recracher hors de soi, mais qui nous robotisent.

O bienheureuse fantaisie des farfelus qui font tout à l'envers, ou presque.

Ils ne se laissent pas piéger par les ornières des chemins battus et vivent selon leurs fantaisies. Au diable les règles, les habitudes et les conventions, elles sont plus lourdes que la statue de la Liberté et de la tour Eiffel réunies !

Pour 1999, je prie Dieu ou celui qui le remplace, de me réapprendre à savourer l'instant présent dans toute sa fugace et irremplaçable quintessence !

Le temps coulant le temps rongeant depuis longtemps s'en va filant...

J'entends le vent, j'oublie le temps.

Définition du temps : ce qui donne de la pesanteur à l'être coincé dans le fini et à qui l'on a fait miroiter l'éternité.

Montpellier, le 31 décembre 1998

Rue Pavée du Cherche Soucis

On est en plein mois d'août : mon coiffeur habituel a déserté la touffeur de la ville, je me résigne donc à chercher un autre figaro.

Je chemine depuis une dizaine de minutes à peine, lorsque soudain mon attention est attirée par une enseigne désuète sur laquelle un matador dessiné à la manière du douanier Rousseau, tient à bout de bras une muleta rouge sang.

Notre subconscient travaillerait-il à notre insu lorsque l'esprit désire très fort quelque chose et s'y attarde vraiment ? Intriguée, je m'arrête, fascinée par le style de l'enseigne où des lettres aussi belles que des enluminures précisent qu'il s'agit d'un salon de coiffure mixte au nom de Georges Biset, j'aurais préféré Bizet (avec un z), d'autant que par la porte entrouverte un air tiré de "Carmen" tisse autour de la petite "boutique une aura de corrida qui me plonge aussitôt dans une ambiance de fête et de violence mêlée. Un rapide coup d'œil à la vitrine ne fait qu'ajouter encore à l'atmosphère tauromachique. En effet, une collection fort impressionnante de rasoirs d'époques diverses, y est étalée de telle façon qu'ils évoquent plutôt des banderilles que des instruments de coiffeur, fixés là, sur un coussin ventru de velours noir frangé d'or. Le petit air provocateur qu'ils ont, vautrés au centre de la vitrine, m'étonne, me choque même, mais ils se marient si bien à l'air de "Carmen" qui persévère, et emplit à la fois la rue et le cœur des passants. Le nom de la rue "Rue Pavée du Cherche Soucis", avec son petit côté balzacien me plait. Vais-je entrer séance tenante dans la boutique du coiffeur, ou bien vais-je attendre le lendemain avant de me décider vraiment ?

En règle générale, j'ai besoin d'un temps de réflexion, ou plutôt d'apprivoisement pour appréhender les choses petit à petit et en douceur. En effet, chaque fois, dans ce genre de dilemme, il me semble entendre encore mon père me dire Pourquoi vouloir toujours mettre la charrue avant les bœufs ?

La nuit porte conseil. Laisse les choses se décanter.

Par conséquent, entrer aussitôt dans la boutique du coiffeur me semblera lors une violence faite, non à ce dernier, mais à moi-même. Vais-je pouvoir m'y résoudre ? Pour l'instant, je me contente d'observer les composantes de la vitrine, mais sans pour autant chercher à analyser les émotions qu'elles font naître en moi. A ce moment-là, c'est plutôt le non de la rue qui me donne matière à réflexion. Rue Pavée du Cherche Soucis "... Qui donc aurait été assez fou pour chercher ces petites fleurs jaunes, que les latins appelaient *Solsequia* parce que leur corolle suivait la marche du soleil, tout comme le font les tournesols, d'ailleurs. Qui donc, dis-je, aurait eu la folie de chercher ces fleurs, entre les pavés rebondis de cette rue étroite, où justement, la lumière du soleil ne pénètre jamais ? A moins qu'il ne s'agisse pas de ces fleurs, mais plutôt des soucis rongeurs d'âme, gangrène des cœurs anxieux et tourmentés ?

Or c'était là une quête plus insensée encore ! En effet, pourquoi chercher les soucis ? Ils viennent bien sans qu'on les cherche ...

Ce soir-là, "Carmen" me suit en pensée jusqu'à l'instant béni du sommeil et même au-delà, m'enveloppe dans une sorte de filet impalpable, mais vivant, tissé de lambeaux de rêves que je retrouve encore le lendemain matin, à, mon réveil. Ce sont ces traces, à la fois ténues, mais tenaces, qui me conduisent, presque à mon insu, telle une somnambule, jusqu'à la « Rue Pavée du cherche Soucis », devant la vitrine où la collection de vieux rasoirs me paraît tout aussi festive, mais tout aussi agressive que la veille. Aussi, pour échapper à ce déploiement que je juge barbare, je m'engouffre sans plus attendre dans la boutique, sous le regard impassible et mystérieux d'une chatte tricolore D'un bond, je saute les trois marches qui me séparent du salon de coiffure on contre-bas. L'effet de surprise est, à la fois si démesuré et si déroutant, que j'ai, littéralement l'impression de perdre pied, comme si l'on venait de m'amputer dos deux jambes. Pourtant, les dimensions de la pièce ne sont pas disproportionnées, en réalité, elles sont plutôt réduites. Le décor tient à la fois du plateau d'un théâtre de poche et d'une petite galerie de photos.

Au pied des trois marches, en face de moi, les trois murs de la pièce exigüe disparaissent presque sous une kyrielle de photos en noir et blanc : celles d'un toréador, toujours le même, aux prises avec le taureau, dans les phases les plus marquantes d'une corrida. Ces photos, serrées les unes contre les autres, servent d'encadrement à trois profonds miroirs. Ces derniers semblent manger toute la surface des murs, alors qu'en réalité, ils en multiplient l'espace dans toutes les directions.

Il vous suffit d'ignorer les photos et de plonger votre regard au fond des miroirs pour que le petit salon de coiffure mixte prenne des allures d'arènes ou de galeries des glaces, ou tout au moins de salle des fêtes, selon l'humeur de l'instant.

Devant chaque miroir, un siège imposant destiné aux clients, pivote sur un axe, fixé au sol par quatre énormes boulons de cuivre jaune luisants comme des doublons d'Espagne, sur le rouge 'sang de bœuf' des tomettes. Là où s'arrêtent les photos du toréador, on a accroché les divers attributs de ce dernier : banderilles ornées de rubans bariolés, muletas écarlates évoquant l'estocade, capes surbrodées de fils d'or et d'argent. Enfin, suspendue à une patère, sur le pan de mur qui me fait face, à gauche du miroir, la toque en satin noir qui, pour les non-initiés, ressemble fort à la barrette trilobée de nos chanoines d'antan. Elle paraît avoir été accrochée là, sans aucune recherche d'esthétique, plutôt lancée négligemment, mais avec adresse, à l'issue d'une corrida particulièrement harassante. Fascinée, je n'en finis pas de me repaître de ce décor insolite dont je n'ai pas encore, noyée que je suis dans cette singulière accumulation évocatrice, découvert l'épicentre.

Pour l'instant, un seul des trois fauteuils pivotants est occupé. Les yeux fermés, une serviette autour du cou et sur les épaules, les joues déjà couvertes d'une mousse blanche, un client attend patiemment qu'on lui coupe les cheveux et qu'on lui fasse la barbe. Dans l'arrière-boutique donnant sur le mur du fond, derrière un rideau de velours d'un rouge incarnat, on entend quelqu'un s'affairer.

L'air célèbre de 'Carmen' soudain envahit l'espace du petit salon de coiffure, la chatte tricolore attirée sans doute par la musique, descend les trois marches et s'assied sur la dernière. Le rideau de velours que l'on vient de rabattre d'un geste vigoureux, fait pour ainsi dire surgir du néant et se matérialiser sous nos yeux, la réplique plus que fidèle du matador des photos. Marquant un temps d'arrêt pour nous donner loisir de l'admirer, il se tient un instant debout, ou plutôt dressé sur la pointe des pieds, la main gauche sur la hanche et le bras droit tendu devant lui, brandissant, telle une épée de torero, son rasoir. Sur le muge incarnat du rideau de velours, son élégante silhouette paraît plus blanche, plus or, plus lumineuse encore. D'un pas léger de danseur, il s'avance vers le client qui semble s'être endormi, et se met à lui faire la barbe. Ses gestes sont empreints d'une grande intensité dramatique, guidés qu'ils sont par l'envahissante musique de Bizet. Je me crois sur les gradins d'une arène, noyée dans les vivats d'une foule enthousiaste acclamant le matador. Le client ouvre soudain les yeux et parle au coiffeur toréant.

Debout, au bas des trois marches, à côté de la chatte tricolore, il m'est impossible de saisir les propos échangés entre lui et son client. Par contre, réfléchie dans le miroir, l'expression du visage de ce dernier montre qu'il n'est pas content du tout de la prestation de notre figaro : les yeux noirs de colère, le geste péremptoire et nerveux indiquant du doigt le contour de son oreille droite, révèlent une insatisfaction manifeste. Bref, son comportement tout entier exprime un déplaisir extrême qui semble aller encore grandissant. Le ton ne cesse de monter entre les deux protagonistes puis la suite se déroule en une sorte d'accéléré cinématographique : je vois le coiffeur-torero, le mollet ferme et rond, la taille cambrée et le corps souple, esquisser l'entrechat fatidique qui précède l'estocade, le rasoir tenu à bout de bras, tandis que dans l'arrière-boutique Bizet s'entête à déverser son opéra tragique. Soudain, dans les éclats sonores des chœurs, notre torero aux jeux de mains experts, précis et définitifs, tranche net l'oreille droite de son client et d'un geste triomphent il me la lance comme si j'étais la seule parmi la foule hurlante des gradins, à mériter la toute première oreille. Horrifiée, d'un bond je m'écarte tandis que sur les tomettes éclaboussées, les gouttes de sang tiède font comme une myriade d'étoiles vivantes qui n'en finissent pas de jaillir...

Je donne souvent ma langue au chat, mais une oreille, c'est bien la première fois !

Montpellier, le 24 février 1999

L'heure...

Tout d'abord, qu'est-ce que l'heure ?

On en parle souvent, mais on ne semble jamais parler de la même chose et l'heure reste toujours une notion floue. Pour preuve, la définition qu'en donne le Petit Robert :

Vingt-quatrième partie du jour, puis entre parenthèses : pratiquement aujourd'hui, du jour solaire moyen. Notez le côté vague de l'adverbe 'pratiquement' ajouté à 'aujourd'hui', aujourd'hui qui demain deviendra aujourd'hui après avoir été hier puis avant-hier, et' cetera, et cetera. Mais ce n'est pas tout, car la parenthèse, vous l'avez remarqué, ajoute encore qu'il s'agit, vingt-quatrième de la partie du jour solaire moyen.

Or, toujours d'après le Petit Robert moyen veut dire : qui se trouve entre deux choses. Le problème est donc de savoir entre lesquelles ...

En outre, moyen veut dire également 'ni bon, ni mauvais'. Alors, reconnaissez que tout cela est d'un flou, d'un imprécis, d'un nébuleux ! De même d'ailleurs que l'expression « tout à l'heure » qui veut dire « dans un moment », alors qu'auparavant elle signifiait 'tout de suite'. L'heure se serait-elle distendue, déformée au fil du temps, pardon, au fil des heures ? Considérons pour finir, le sens exact de cette pancarte souvent apposée aux vitres des restaurants, 'Repas chaud à toute heure' — cela veut dire, si je comprends bien, que l'on peut y manger chaud à n'importe quelle heure, donc tout le temps, me direz-vous. Eh bien, non ! Pas lorsque le restaurant est fermé !!! Là, je vois que vous croyez que je cherche à vous embrouiller. Je reviens donc à la question qui nous importe : comment avez-vous appris l'heure ? Je ne l'ai pas apprise, à proprement parler, je l'ai vécue au fil des heures, pour être tout à fait précise.

" Non, ce n'est plus l'heure de lire à présent, c'est l'heure de dormir !" je m'évertuais donc à dormir sur l'heure, mais à contre-cœur, "bien entendu. Le lendemain matin, ce n'était plus l'heure de dormir, c'était l'heure de se lever, alors que mon heure était encore celle des rêves." Puis venait l'heure d'aller à l'école, de rentrer faire mes devoirs, ensuite de mettre le couvert. " Fichtre ! ce n'est vraiment plus l'heure de jouer à présent, c'est l'heure du repas du soir !" me disait-on sans cesse. Je me résignais donc à manger, puis venait à nouveau l'heure de dormir. Bref, il était toujours l'heure de quelque chose, l'heure était partout, s'imposait, ou plutôt s'infiltrait insidieusement comme un venin qui, à petit feu, m'empoisonnait la vie.

J'ai caché ma toute première montre au fin fond d'un tiroir. A présent je n'ai plus d'heure, sinon la mienne.

Montpellier, le 14 mai 1999

Textes non datés

Certains textes sont restés inachevés, libres à vous de leur imaginer une fin

La chatte

Tu verras tu y seras bien cela fait sept fois que maman me le répète elle m'agace à la fin. Que veut-elle me dire ? Je n'y comprends rien. Je serais bien. Mais je suis bien, maman le sait que je suis bien puisqu'elle s'occupe de moi sans arrêt, me donne à manger me caresse me couvre de bisous, alors qu'est-ce que cela veut dire : je serais bien ? Elle me dit je serais bien pourquoi ne pas dire plutôt je suis bien là, maintenant. En fait cela veut dire que je serais bien mais plus tard dans un jour ou deux voire plus.

Je ne suis pas contente, je ne comprends rien.

Lorsque maman m'apporte mon repas j'oublie ce qui me hérisse, je mange c'est bon. Maman est contente. Je le vois. Elle me sourit. Elle sourit toujours quand je mange tout ce qu'elle me donne.

Papa lui ne s'occupe pas de mes repas sauf lorsque maman a mal à la tête. Avec lui les repas ça prend du temps à préparer et j'attends longtemps alors je cours dans tout l'appartement pour qu'il comprenne que j'ai faim...

Mais j'aime bien papa car il sait jouer avec moi je me cache et il me cherche. Lorsqu'il me trouve il pousse un petit cri je suis bien contente. Puis c'est lui qui se cache alors c'est moi qui pousse une sorte de petit cri lorsque je le trouve. On s'amuse bien. Il me laisse monter sur tous les fauteuils et aller sur les deux balcons et même à la fenêtre de la cuisine. Maman elle a toujours peur de quelque chose, que je tombe, que j'aie froid ou trop chaud. Elle ne me lâche pas les pattes maman mais c'est parce qu'elle m'aime bien aussi.

Alors quand elle me répète que je serai mieux je ne comprends rien du tout et cela m'énerve et m'inquiète aussi. Ce n'est pas normal que veut-elle dire je sens qu'il se prépare quelque chose mais je ne sais pas quoi, alors je dors et j'oublie, ou je me mets à la fenêtre quand maman ne me voit pas et je regarde le toit de la maison d'en face ou les gens qui marchent dans la rue en bas, le temps passe vite.

Ce matin j'ai regardé les oiseaux car nous habitons à l'avant-dernier étage et je vois des oiseaux marcher sur le toit de l'immeuble d'en face.

Maman les appelle des pigeons. Je les entends roucouler quand ils se rencontrent. J'aimerais les attraper. Quand il fait froid, les portes-fenêtres des deux balcons sont fermées. Même les rideaux sont tirés et alors plus de pigeons. Quel dommage !!!

Alors papa allume la télévision pour regarder des dessins animés de Tex Avery mon préféré, pour m'occuper. Mais constatant que je m'en étais lassé, ils tombèrent par hasard sur un film animalier britannique : ce fut alors l'extase.

Des colonies d'oiseaux évoluaient en pleine nature et la magie du téléobjectif les mettait pour ainsi à ma portée. Des troupeaux de gazelles s'ébrouaient aux bords de fleuves si vrais que je me reculais d'un bon pour ne pas être éclaboussée. Je me laissais fasciner par le naturel de ces êtres vivants et je me surpris, plus d'une fois à faire le tour du poste pour attraper un oiseau qui semblait s'être éloigné du groupe.

Mais le temps passant, je compris qu'il n'y avait rien derrière le poste, ce n'était que des images plates comme le dos d'une de mes pattes.

Je regrettais bien un peu le temps où sur l'écran, un vol de perdrix me tournait les sangs, mais j'avais grandi, appris et je me sentais vraiment là où j'étais. Pourtant la petite phrase au futur qui revenait comme un leitmotiv ne m'avait pas alerté comme elle aurait dû le faire.

Aussi lorsqu'un matin vers 8h30 l'on me fit monter, dans la Clio rouge, même si d'habitude ils ne sortaient qu'en fin de matinée.

Après avoir franchi les limites de la ville nous roulions depuis un certain temps, en pleine campagne lorsque soudain réapparurent des constructions, des hangars, mais aucune villa à l'horizon.

Nous finîmes par nous arrêter devant une sorte d'immeuble rectangulaire, sobre, sans ornement avec des grilles aux fenêtres. Je fus quelque peu intriguée.

L'entrée ressemblait beaucoup à un hall d'hôtel, avec sa réception où on vous fait remplir une fiche à votre nom dès votre arrivée. Cela me rassura nous allions sans doute y passer quelques jours. Par contre la pièce où l'on nous fit entrer un instant plus tard m'inquiéta sérieusement et je me rendis compte au moment même où j'y entrais que tout était joué et qu'à présent il me serait impossible de faire marche arrière. La pièce était vaste sans meuble, mais son espace était presqu'entièrement occupé par des box, alignés sur deux niveaux le long des quatre murs un peu comme des couchettes de wagons-lits que l'on aurait grillagés pour empêcher les voyageurs pendant leur sommeil.

Je restais interdite : ces box ressemblaient plutôt à des cages dont il serait impossible de sortir. Estimant les chances de fuir cette pièce, j'étais à un tel point absorbée, comme absente, que je ne pourrais pas préciser avec exactitude l'instant ou je fus propulsée à l'intérieur de l'une de ces cages.

Je suis ambassadeur, j'ai raté ma vie

"Je suis ambassadeur ; j'ai raté ma vie ..."

Même dite à mi-voix, cette affirmation antinomique m'interpella et me réveilla pour de bon, mais à ce moment précis le bruit du train passant sur un aiguillage m'empêcha de comprendre la suite. Mon regard s'attarda sur le voyageur assis en face de moi : à première vue il semblait somnoler, mais peut-être avait-il simplement fermé les yeux pour mieux s'imprégner des émotions qu'évoquait cette prise de position, ou peut-être avait-il rêvé tout haut...

Je l'observais en douce, me demandant si j'avais bien entendu Je suis ambassadeur j'ai raté ma vie. "Balivernes !" pensai-je, car pouvait-on être ambassadeur et avoir raté sa vie ? Ou alors, il avait raté sa vie justement parce qu'il était devenu ambassadeur. J'aurais donné beaucoup pour le savoir. Pourtant, malgré ce qu'il venait de dire, il avait le profil de quelqu'un qui a réussi : la quarantaine élégante, dans un costume fait sur mesure, aux teintes sobres et de bon goût, des chaussures et un attaché-case assortis, et cætera.

Il dut sentir mon regard posé sur lui, car il ouvrit les yeux et se tourna vers moi : "Il me semble avoir pensé tout haut. J'ai dû vous intriguer avec mes ratiocinations, mais je persiste et signe. J'ai raté ma vie, jusqu'à la semaine dernière. Il me regarda d'un air qui n'admettait aucune réplique. Mon tempérament ainsi que mon métier de comédienne me permirent de ne pas me laisser faire. "Bien sûr, si tel est votre bon plaisir, Monsieur l'Ambassadeur !"

Mon aplomb sembla lui plaire et il se présenta. A mon tour je déclinai mon nom puis je lançai d'un ton jubilant : "Madame Bovary, c'est moi ! En effet, après avoir joué les utilités pendant des années, j'ai enfin réussi à décrocher le rôle-titre d'une pièce tirée du roman. Bien sûr notre troupe n'est pas encore très connue mais, sait-on jamais..." Je lui décochai alors, pour voir, l'une de mes œillades les plus assassines (celle qui m'avait d'ailleurs valu le rôle d'Emma, justement !) "Adorable menteuse !" s'écria-t-il, surpris et moqueur à la fois. Une crise de fou rire interminable nous laissa tous deux à bout de souffle, mais très détendus et satisfaits de nous-mêmes, d'autant que nous étions les seuls voyageurs du compartiment... Arriva l'heure du goûter. Le cliquetis du chariot-bar se rapprochait. "Une boisson chaude nous fera du bien" dit-il en se levant d'un bond. Il revint, tenant à bout de bras, comme l'aurait fait un garçon de café, un petit plateau rond où deux tasses fumantes en plastique bleu ciel semblaient se poursuivre et se rapprocher dangereusement du bord. "Voilà qui va nous réchauffer" dit-il. Mais un aiguillage le surprit, le fit tituber, sonnant le glas de nos deux boissons chaudes. "Merci pour le chocolat", lui lançai-je. Quelque peu dépités, nous regardâmes se répandre le chaud breuvage aux douces saveurs d'enfance puis nous allâmes nous installer côté fenêtre. Nous nous faisions face : il regardait défiler la campagne enneigée, les yeux mi-clos et les mains jointes comme s'il allait se mettre en prière. "Dans ma famille, on est ambassadeur de père en fils, et cela depuis des générations. J'avais à peine trois ans, que déjà l'on me fit essayer un petit costume trois pièces : la réplique exacte de celui que mon père portait lors de ses sorties officielles. Je l'adorais ce petit costume, car la maisonnée s'inclinait devant moi en disant : "Monsieur l'ambassadeur est attendu au salon. Monsieur l'ambassadeur a-t-il besoin de quelque chose ?" Donc ce fut ainsi que je me mis à imiter mon père : je marchais comme lui, je parlais comme lui, je mangeais comme lui, bref, je faisais tout comme lui. Au fur et à mesure que les années passaient, je m'identifiais davantage encore à lui en faisant les mêmes études que lui.

Je devins par la force des choses son imitateur, son double, son ambassadeur de fils, comme il l'avait prévu. J'avais même adopté ses mimiques, ses tournures de phrases et jusqu'à sa façon de raisonner. Je voyais tout à travers son regard, j'étais devenu l'alter ego de mon ambassadeur de père... Mais voilà, malgré mon ascension jusqu'au titre d'ambassadeur, je me sentais, tout au fond de moi, le plus sournois, le plus misérable des faussaires. Etais-je l'ambassadeur ? Certes, je me comportais comme tel : ce fut la grande illusion de ma vie, la seule, mais de taille, car je savais bien, en mon âme et conscience, que tout cela n'était que de la comédie. J'avais confondu être et avoir :

j'avais tout pour être ambassadeur et pourtant, je n'en étais pas vraiment un ... J'ai mis du temps à me rendre compte que je jouais à l'ambassadeur, comme on joue au soldat ou à la marchande. Mais depuis la semaine dernière, je sais"... Dites-moi, que savez-vous ? implorai-je. Il se leva, s'étira longuement, me sourit avant de se rasseoir. Ce fut pour moi une véritable révélation, mon chemin de Damas en quelque sorte. Un matin de la semaine dernière, j'ai découvert sur le rebord de ma fenêtre une mouette blessée : ses deux ailes pendaient inertes, inutiles. Je vis dans ses yeux un tel désarroi, une telle souffrance que je me surpris à lui parler comme si elle pouvait me comprendre : je lui promis de la guérir ... Je m'improvisais vétérinaire d'instinct et comme touché par la grâce, je sus tout ce qu'il fallait faire. Elle s'habitua à moi, à l'appartement, à son petit nid douillet près du radiateur, aux compresses, aux petites attelles, bref, à tous les soins que je lui prodiguais. Hier, je l'ai retrouvée sur la bibliothèque. Elle m'a regardée droit dans les yeux, comme pour me dire : N'oublie jamais que tu m'as redonné mes ailes et que cela t'a aidé à retrouver les tiennes." Puis elle est venue se poser sur ma main tendue et j'ai caressé ses ailes une dernière fois. Elle s'est alors envolée par la fenêtre ouverte, à grands coups d'ailes vigoureux et libérateurs. Je l'ai suivie des yeux jusqu'au bout tandis qu'elle s'envolait vers la mer".

Montpellier

J'aime la Promenade du Peyrou et le Jardin des Plantes. A mes yeux, ce sont tous deux des endroits bénis des dieux, mais il faut choisir son heure : pour le premier, le moment le plus propice est la tombée du jour, en hiver, peu après le coucher du soleil, lorsque le ciel est encore éclairé comme de l'intérieur, par une lueur d'un rose doré qui vous fait aussitôt penser à Venise.

Lorsque vous êtes tourné vers le couchant, l'immense étendue de ciel vous pénètre et vous transfigure : vous baignez dans cette lueur vivante, le bruit de la circulation n'existe plus, du moins vous ne le percevez plus, vous vous sentez immortel. Louis XIV, sur son cheval monté, hélas tourne le dos à cette jubilation du ciel.

" As you like it "

C'est un adorable petit salon de thé, et qui plus est, s'appelle « As you like it » autrement dit, "Comme il vous plaira". Pour un professeur d'anglais à la retraite, quoi de plus fascinant, d'autant que les propriétaires sont de Leeds et s'adressent à vous dans la langue de   Shakespeare s'ils voient que cela vous plaît de dépoussiérer un tantinet votre accent.

De plus, le cadre est à croquer, les gâteaux aussi d'ailleurs. Ce sont des scones, des tranches de Lemon cake, des crumbles à la pomme ou des muffins que vous pourrez savourer sous les voûtes d'une salle aux pierres apparentes où chaque petite table ronde est éclairée d'une lampe aux reflets très doux. Les thés sont anglais, les confitures aussi et la crème fouettée est légère, légère ! Les pâtisseries sont faites sur place, cela va sans dire. Ce-Charmant salon de thé se situe 8 rue du Bras-de-Per, derrière les Halles Castellane.

Allez—y, vous verrez, "Comme il vous plaira" vous plaira !

110

Menu pour un festin

Menu, dites-vous, en effet je le voudrais menu, menu, ce festin. Car à part la salade au chèvre chaud et le chocolat noir, je ne trouve pas grand plaisir à manger (sans doute une réaction tardive à toutes les assiettées de soupe à la semoule pleines à ras bord ingurgitées au repas du soir et à contre-cœur jusqu'à l'âge de six ou sept ans et cela jusqu'à la dernière goutte ou plutôt jusqu'à la dernière bouchée, tant cette semoule me paraissait pesante.

Donc, soyons menu ? pour notre menu. Voyons. Pour un atelier d'écriture, que diriez-vous d'un mille-feuille ou mieux, d'un petit cahier de mille feuilles qu'il suffirait de regarder avec tendresse pour qu'il se couvre aussitôt des plus délicates harmonies de mots, pour qu'il vous inspire les contes les plus enchanteurs, et qui, au fil du temps, au fil de ses mille feuilles tournées, vous livrerait sagesse et sérénité ?

Peut-être est-il là, ce mille-feuille magique, lové au fond de votre cœur s'il vous suffit de bien vouloir le feuilleter, mais attention, il n'est pas comestible, seul votre cœur pourra le savourer.

> Prendre le train,
> Le Trans-Europ-Express et partir
> à la découverte des montagnes,
> Laisser derrière soi
> Le désert du cœur,
> Prendre le train,
> Partir à la découverte de Chandernagor
> Et laisser derrière soi
> La montagne qu'on aime.
> Prendre le train et partir très loin,
> Prendre le train pour revenir
> Enfin...

Le thé

On salue son thé parce que le thé c'est bien connu, ça requinque. Alors on le salue pour le remercier de nous requinquer. En cette saison froide, on est heureux de se sentir en forme, grâce au thé. Bonté divine ! Quel bon thé !

Voyages

Pourquoi vouloir aller ailleurs, alors que là où je suis, je peux aller ailleurs sans quitter l'ici ? Pour ce faire, je m'installe dans mon fauteuil favori, je m'y cale bien, vertèbre après vertèbre, je me détends, je fais le vide, invitant ainsi l'univers à entrer : je suis à présent au milieu du désert que le vent cisèle et façonne à sa guise, dune après dune, infatigablement.

Je suis au sommet de l'Everest, je claque des dents. Les plages ombragées de cocotiers des Iles Marquises m'enveloppent de leur souffle chaud et du bleu turquoise de leur discret ressac, je jubile. Je me perds dans les venelles de Venise où se croisent et se recroisent les lentes eaux de la lagune.

Je me pose au sommet de la pyramide de Guizèh d'où j'aperçois le Sphinx immobile et défiguré par le vent, la chaleur ou les hommes, qui sait ? Je m'isole dans l'ombre silencieuse du cloître du Thoronet et je médite sur le temps face à l'éternité, puis, profitant de ces pieuses dispositions, je fais un saut chez le Bon Dieu, et là, j'y reste !

Londres

Londres ! Ville aux ténèbres blafardes, aux brouillards épais accrochés le long des quais de la Tamise et dans le fond des parcs et des jardins. Brouillard qui abolit l'espace et se joue des passants, leur masquant les maisons et même le nom des rues. Il ne vous reste alors, pour retrouver votre chemin, qu'à tâtonner et chercher en aveugle, des murs escamotés et froids.

Londres, qui sait si bien être charmeuse, justement à cause de ses brumes qui habitent le réel et l'habillent de rêve et de fantasmagorie.

A cause de son fleuve qui se métamorphose en un lac infini, le long duquel des bâtiments aux mystérieux contours se grandissent en palais de chimère.

Et les cygnes blancs de la Reine sont comme autant de nénuphars qui se déplacent en silence, tels des elfes, sur une Tamise ensorcelée.

Pour y aller, ne prenez pas l'avion, ni le bateau, ni même l'Eurostar. Laissez-vous pousser des ailes de mouette rieuse et bon vent !

Le jour de l'enchaînement

Dès son réveil après les rares bribes d'un sommeil agité, Léa, fébrile se prépare à affronter l'épreuve qui l'attend : enchaîner David, Bertrand et Ingrid.

Afin de s'y préparer en pensée du moins elle sort sur son balcon.

Elle repère les deux arbres éloignés d'une bonne dizaine de mètres l'un de l'autre.

David se sentira bien seul au pied de son arbre noyé dans une solitude rendu plus éprouvante encore par l'impossibilité de bouger. Il lui resterait le rêve.

Le parc à cette heure matinale est désert, mais dès l'ouverture, il se remplira de ses promeneurs habituels qui ne manqueront pas de voir les enchaînés, de leur parler et d'apprendre la menace qui pèse sur leur espace vert qu'ils aiment tant.

Appuyée au rebord de pierre, Léa rêve.

Subrepticement le souvenir d'une statue du Louvre s'insinue puisse impose au cœur de son paysage arboré : la statue de Marsyas attaché à un pin, au moment même où il va être écorché vif pour avoir défié Apollon et sa lyre.

Cette statue que l'on dit d'une rare perfection, l'avait bouleversée, et cette émotion ressurgit du passé l'envahit, la remue encore aujourd'hui peut-être même davantage qu'alors.

Léoparda, qui n'a pas encore digéré le sobriquet de Mistigri, boude ostensiblement son régal de veau aux carottes.

Comment faire la paix ? Se demande Léa.

Trois petits coups discrets à sa porte palière se sont Ingrid et Bertrand prêts à se laisser enchaîner à leur pin parasol.

Ils descendaient tous trois l'escalier lorsqu'ils entendirent quelqu'un frapper à la porte dérobée donnant sur la rue. C'était David, l'air heureux malgré les moments pesants et interminables qu'il l'attendaient au pied de son micocoulier pensa Léa.

Ingrid et Bertrand s'assirent dans la position du lotus et David les enchaînant au pin parasol montra à Léa le jeu qu'il fallait laisser afin de permettre un minimum de mouvement.

Léa, qui, à son tour, allez devoir l'enchaîner, était à la fois attentive et inquiète ; le déclic comminatoire qui marqua la fermeture du cadenas la fit sursauter.

David préféra s'asseoir en tailleur au pied du micocoulier. Le tronc d'un gris bleuté le temps d'imprimer le thé était si imposant qu'il ne reste pas beaucoup de chaînes après avoir fait le tour de l'arbre et des poignets de David et cela l'empêchait pratiquement de bouger.

Léa en eut la gorge serrée et les yeux si pleins de larmes qu'elle dut, s'y reprendre à trois fois avant de réussir à fermer le cadenas et en retirer l'énorme clé qui alla rejoindre la première au fond de la poche gauche de sa longue jupe bleue.

La matinée s'étira comme une triste route son histoire sans histoire et le parc demeura vide, à son grand étonnement. Elle descendit du thé, de la bière et des biscuits à ses trois enchaînés fort déçus de voir le parc absolument désert. C'est alors Léa s'aperçut que la grille d'entrée était restée fermée à clé.

Léa pensa soudain à sa petite chatte qui faisait la tête : une petite promenade jusqu'au cyprès et le tour sera joué. Léoparda cessera de bouder grimpera jusqu'à la cime, elle aura le vertige et refusera de descendre même à reculons.

Il suffira d'appeler les pompiers, ils auront la clé du parc...

Tout se passa comme Léa l'avait prévu : elle déposa Léoparda au pied du cyprès celle-ci atteignit le faite en un temps record et aussitôt se mit à miauler désespérément jusqu'à l'arrivée des pompiers.

Le plus jeune qui adorait les chats, vint la cueillir avec douceur. Ravie d'être le point de mire et d'avoir été secouée par un jeune homme en uniforme Léoparda daigna faire les yeux doux à son sauveteur et même à Léa, qui avait su élaborer cette tragi-comédie, rien que pour sa chatte.

C'est du moins ce que doit croire cette chatte, contrite et heureuse à la fois de son stratagème.

Appelée vers d'autres sites stratégique la voiture des pompiers reprit sa grande échelle, telle une sauterelle géante prête à sauter ailleurs et s'élança hors du parc, laissant la grille grande ouverte.

Aussitôt une foule de curieux attirée par la sirène des soldats du feu s'engouffrèrent dans le parc et découvrirent au fil de leurs promenades respectives les trois enchaînés ravis d'avoir enfin l'occasion de pouvoir défendre leur parc.

Respect de la loi

Nul n'est censé ignorer la loi mais c'est pourtant par hasard qu'un jour je tombais accidentellement conviendrait mieux comme vous allez pouvoir le constater par la suite. Je tombe donc sur l'article 1383 du Code civil : voilà son énoncé « chacun est responsable du dommage qu'il a causé non seulement par son fait mais encore par sa négligence ou par son imprudence ». Voilà qui me plongea dans une profonde perplexité, voire un immense désarroi.

Prenons, si vous voulez bien, un exemple parmi tant d'autres : vous possédez une petite maison à la campagne et vous y passer weekends et vacances.

Or un vendredi soir à votre arrivée, à la tombée de la nuit, vous trouvez la serrure de la porte d'entrée fracassée. Vous vous avancez lentement, le cœur battant, la peur au ventre. Et si vous tombiez sur un cambrioleur armé jusqu'aux dents et furieux d'avoir été dérangé en plein travail ? Mais non toute la maison semble plongée dans un silence épais à couper au couteau, un silence de mort ô combien !

Vous vous enhardissez jusqu'au pied de votre échelle de meunier qui monte à l'étage.

Là, une masse informe vous barre le passage. C'est rond, c'est volumineux et vous ne voyez pas vraiment ce que c'est ? Vous n'avez pas la moindre idée de qui peut y avoir à l'intérieur de ce gros ballot. Ce n'est que lorsque vous avez essayé en vain de le retourner que vous vous exclamez « Mais suis-je bête ! Il s'agit tout simplement d'un sumo japonais qui peut dépasser les 200 kg ! » Vous êtes perplexe.

Comment a-t-il pu arriver jusqu'ici et dans cet état ? Les sumos peuvent peser jusqu'à 200 kg et plus et vous vous étonnez : comment a-t-il pu arriver jusqu'ici et dans cet état ? Par la porte bien sûr. Mais au bas de votre chaîne de meunier, il est bel et bien mort semble-t-il. Mais qui a bien pu le trucider ?

Enfin après moulte difficultés vous réussissez à l'enjamber pour monter à l'étage, vous remarquez alors un changement au niveau de l'avant-dernière marche de l'escalier. Elle a tout bonnement disparu.

Et vous vous souvenez alors qu'elle montrait des signes de fatigue depuis quelque temps déjà.

Donc c'est bien vous par votre négligence et votre façon de toujours remettre au lendemain qui est responsable de la mort de ce pauvre cambrioleur japonais obèse, car c'est en posant le pied sur l'avant-dernière marche qu'il a basculé en arrière et a été précipité dans le vide et qu'il s'est cassé le cou, le coup du lapin. C'est classique. Vous tombez exactement sous sur le coup de l'article 1383 dont je vous ai déjà parlé.

Vous êtes donc responsable de la mort de votre sumotori japonais par négligence.

Voilà où vous vous retrouver avec un volumineux cadavre sur les bras façon de parler bien sûr !

Vous vous demandez alors mais un peu tard « Comment aurais-je pu éviter ça ? »

Un petit mot scotché sur la porte d'entrée « Attention l'avant-dernière marche de l'escalier est fragile ».

Ainsi vous auriez averti notre homme. Justement c'est là que le bât blesse, ne dit-on pas qu'un homme averti en vaut deux, alors deux fois deux cent kilos ça fait presque une demi tonne. Ça en fait des gens sauvés !

Alors le mieux serait de vous procurer une échelle de meunier donc chaque marche pourrait supporter le poids d'un éléphanteau, si par malheur il prenait l'envie à notre sumo de s'asseoir sur une de vos marches, qui elles aussi, devraient pouvoir résister à cette demi tonne de chair et d'os.

Qui vous dit que votre sumotori comprend le français et qui vous dit que c'est un sumotori qui la prochaine fois viendra vous cambrioler, ce sera peut-être un guatémaltèque ou un habitant de la Papouasie dans laquelle on parle plus de 700 dialectes en plus de l'anglais.

Voilà qui risque de vous mettre dans un grand embarras alors pour éviter de rédiger des mises en garde dans les innombrables langues et dialectes du monde. Le mieux est encore de vous enfermer dans une sorte de maison-bunker, aux portes infranchissables ; vous ferez ainsi d'une pierre deux coups, non seulement vous vous serez engagé à respecter la loi et pourrez le faire sans problème, mais par-dessus le marché vous ne serez plus cambriolable donc à bon entendeur, salut !!!!

Mes...

Ma bouche de bébé a écrit des festins sur les seins de ma mère

Mon sourire édenté a écrit de la joie dans les yeux de mon père

Mes pieds d'enfants ont écrit une danse sur des sentiers fleuris

Et mes doigts maladroits ont écrit des bâtons sur des cahiers jaunis.

Mes mains légères ont écrit des musiques sur l'ivoire des pianos

Et mes rires ont écrit des bonheurs retrouvés au sein de mes sanglots

Mes espoirs ont écrit d'autres vies sur les ailes du vent.

Mes pieds las ont écrit sur des chemins erratiques sous les arches du temps.

Mon sommeil agité écrit des pans de rêves aux rideaux de la nuit

Mes yeux perdus de brume écriront des écharpes autour des arbres noyés de pluie

Mes doigts gourds écriront des Ave Maria le long de mes Rosaires

Mes pieds tremblants écriront des sentiers aux traces éphémères

Ma voix brisée écrira des complaintes qui parleront d'antan

Mon pas hésitant écrira des partances sur des sables mouvants.

Mes adieux écriront une giclée d'étoiles au sein des nébuleuses

Et mon corps calciné écrira dans ses yeux une pirouette de fumée bleue.

Les caramels

S'il y avait une chose que Vincent détestait par-dessus tout, c'était sans conteste de se faire interpeller dans la rue par un inconnu. Car lorsqu'il marchait absorbé dans une rêverie mi-consciente mi-machinale, il se sentait emporté par le flux exalté de ses pensées et toute intrusion même la plus anodine faisait naître au tréfond de lui-même un accès de colère rentrée dont il avait toujours beaucoup de mal à maîtriser la violence.

C'était comme une pierre lancée délibérément au cœur de la sérénité foisonnante de ses considérations labyrinthique qui le ravissaient ainsi ; une interruption, qu'elle soit prévue ou non était toujours un choc, un arrachement qui l'outrait à la fois contre l'intrus qui venait de le frustrer de ces instants privilégiés, mais aussi contre lui-même pour s'être laissé distraire, au sens le plus fort du terme, et tiré de ses ratiocinations, qu'il se plaisait tant à classer, analyser et approfondir.

Il s'en voulait chaque fois de n'avoir pas été suffisamment absorbé par elles, puisqu'un simple appel les avait dispersées.

A présent et bien des mois après cette rencontre, qui, si elle l'avait marqué, voire blessé dans son amour-propre l'avait aussi d'une même façon enrichie, puisqu'elle lui avait permis d'appréhender certains aspects de lui-même jusqu'alors insoupçonnés. Il revenait en pensée sur ce qui avait immédiatement précédé celle-ci, afin de mieux en cerner les tenants et les aboutissants.

Si bien qu'à l'abri dans le silence de sa chambre, il se prenait à évoquer l'ambiance chaleureusement animé de ce diner chez Guillaume. Comme à l'accoutumée ils parlaient tout à trac, de théâtre, de l'informatique de musique ou de philosophie. Sautant allègrement du coq à l'âne. Le plaisir d'être tous réunis et sans doute aussi la saveur sublimement ambrée d'un Lacryma Christi faisaient jaillir les idées et les mots d'esprit comme autant de mini-feux d'artifices. Chacun était surpris de sa propre vivacité, Vincent s'émerveillant de celle des autres.

En fin de soirée sur le chemin du retour malgré la petite neige glacée, les rues désertes avaient encore pour Vincent une chaleur conviviale du repas partagé. Il portait encore autour de lui comme une aura de douceur, le souvenir de ces instants partagés dans l'amitié et la bonne humeur.

Il accueillait le visage levé vers elle, cette première neige de l'hiver, semblables à des baisers de papillons éphémères dont la fragile beauté soulignait encore par contraste l'éclat tangible de ce repas d'amitié.

 Ce qui lui conférait une sorte de pérennité et de priorité dans son souvenir.

– Monsieur, je vous en prie aidez-moi !

De ce cri dans l'étouffée des chuchotis de la neige émanait à la fois un profond désespoir et une fermeté de ton qui confinait pour ainsi dire à l'arrogance que Vincent ne put s'empêcher de s'arrêter.

Il se retourna et vit dans le voile mouvant des flocons de neige une silhouette râble solidement campé au milieu luisant d'humidité.

– Aidez-moi !!

Vincent fut à nouveau déconcerté par l'apparente antinomie qui se dégageait de cet inconnu : la voix était certes implorante, alors que son comportement était presque menaçant.

– Je vous en prie ! dit-il alors d'une voix brisée par un chagrin qui semblait lui tordre les entrailles.

– Je viens de perdre mon enfant ! Et il sortit de sa poche une grosse poignée de caramels comme pour se justifier et prouver qu'il disait vrai. Ces derniers bruns et roux luisaient doucement au creux de sa main.

– C'étaient ses bonbons préférés, il faut que je retourne en Grèce, mon enfant m'y attend ; et son regard passa à une sorte de lueur tragique, un air de désolation et de fureur mêlées, puis il fondit subitement en larmes de froid ou de douleur. Vincent n'aurait pu le dire avec certitude car lui aussi sentait le froid et l'humidité de la neige fondue le pénétrer. L'inconnu n'avait qu'un veston léger sur les épaules.

– Venez nous allons un verre au café cela nous réchauffera. Sans un mot l'inconnu lui emboîta le pas.

A l'intérieur du café, l'odeur de fumée de cigarette noyait celle de la bière éventée et de vins sans étiquette, flottait entre les tables, au milieu des clients absorbés dans leurs conversations.

Table des matières

LA TOURTERELLE	1
LE BUISSON DE GENETS	13
NOËL 1996	23
LE PHENIX	27
CETTE ANNEE-LA	41
PHOTO EN NOIR ET BLANC	45
UNE NUIT SANS LUNE	49
DELIVRANCE ?	55
ICARE ET L'ESCALIER	63
AH SI J'ETAIS MINISTRE !!	69
LE PENSIONNAT DU SACRE-CŒUR	71
EN 1998 J'AI …	77
RUE PAVEE DU CHERCHE SOUCIS	79
L'HEURE…	89
LA CHATTE	95
JE SUIS AMBASSADEUR, J'AI RATE MA VIE	101
MONTPELLIER	107
" AS YOU LIKE IT "	109
VOYAGES	113
LONDRES	115
LE JOUR DE L'ENCHAINEMENT	117
RESPECT DE LA LOI	123
MES…	129
LES CARAMELS	131

LA SURPRISE

Neige...

Minutieux décompte au fond du firmament

Papillons d'hiver égarés dans l'espace et le temps

Inlassable patience,

Froid de mort

Eau de glace

Ephémère beauté

Mais douce clarté fragile

Infiniment.

Snow...

Soft and minute multiplication
From the depths of the firmament

Wintery butterflies
Mislaid in time and space

Untiring patience

Lethal indifference

Feathery ice

And fleeting lovelinees

But soft and fragile gleaming light

Infinitely.

Multiplication douce et minutée
Du fond du firmament

Papillons hivernaux
Une erreur dans le temps et dans l'espace

Une patience infatigable

Indifférence mortelle

Glace plumeuse

Et des amours éphémères

Mais une lumière brillante douce et fragile

Infiniment.

Neve...

Minuto conto
Nel fondo del firmamento annebbiato

Farfalle d'inverno
Smarriti nel tempo buio

Instancabile pazienza

Fredezza morbosa

Acqua ghiaccia

Fuggevole bellezza...

Ma frale morbida luce

Infinitamente.

Facture à la minute
Au fond du firmament assombri

Papillons en hiver
Perdu dans le temps sombre

Une patience infatigable

Fraîcheur morbide

Eau de gravier

Beauté éphémère ...

Mais dans la douce lumière

Sans cesse.

Schnee...

Zärtliches, unendliches hinunterschwebe
Von der Tiefe des Firmament

Winterliche schmetterlinge
Verirrt im raum und zeit

Ausdauernde geduld,
Tötliche gleichgültigkeit.

Flaumiges eis
Mit veranglicher reiz,

Aber so zartes licht,
So sanfte kosen

Auf meinem gesicht.

Tendre, flottant à l'infini
Du fond du firmament

Papillons d'hiver
Perdu dans l'espace et dans le temps

Patience persistante,
Indifférence mortelle.

Glace moelleuse
Avec un charme éphémère,

Mais une lumière si délicate
Si doux baiser

Sur mon visage

Montpellier, le 7 mars 1998